KB142827

편협하게 읽고
치열하게 쓴다

편협하게 읽고
치열하게 쓴다

정희진 지음

정 희 진 의 글 쓰 기 3

교양
인
GYOYANGIN

2장 우리에겐 불편한 언어가 필요하다
통념을 부수는 글쓰기

또 다른 창작, 서평

1656년 스피노자는 다음과 같은 파문 선고를 받았다. "모두에게 경고하노니 어느 누구도 그와 대화하지 말고 편지를 주고받지 말며, 누구도 그에게 호의를 보여서는 안 되고, 같은 지붕 아래 머물지 말 것이며, 그에게 가까이 가서도 안 되며, 그가 받아 적게 하거나 그가 쓴 글을 읽어서는 안 된다."*

사람은 선호하는 것이 생기면 공정해질 수 없다. 예술은 미묘한 느낌과 예민한 순간들에 의존하기 때문에 편파적이지 않은 의견은 가치가 없다. 유감스럽게도 예술은 보고 듣는 이에게 '신성한 광기'를 선사한다. 아름다움을 숭배하는 데 제정신인 것은 하나도 없다.**

---

* 《위대한 서문》, 에드먼드 버크 외 지음, 장정일 엮음, 열림원, 2017년.
** 《예술가로서의 비평가》, 오스카 와일드 지음, 강경이 옮김, 바다출판사, 2020년.

책과 시장

나는 서평, 독후감, 추천사를 구별하지 않는다. 세 가지 형식에 구애받지 않고, 내가 쓰고 싶은 내용을 감추지 못한다. 텍스트와 관련한 나의 이런 글쓰기가 문제적이라는 사실을 최근에 알았다. 글쓰기는 내 생각과 사회의 협상의 연속이지만 그 긴장을 유지하는 상태가 글쓰기 자체보다 힘겨울 때가 있다. 내 생각을 숨기는 데(?) 지쳤을 때 나도 모르게 지나친 감격이나 솔직한 입장이 부실한 바느질 봉합처럼 터져버린다. 내가 추천사를 쓴 책의 저자에게 팬레터까지 따로 보내는 '오버'가 그런 예 중 하나다.

분량이 짧은 추천사의 경우는 내가 왜 행복했는가를 길게 쓸수 없으므로 문제가 될 때가 있다. 그러나 이는 분량만의 문제가 아니라 그런 글이 자칫 맥락 없는 '선전 문구', '매명(買名)'으로 전락할 수 있음을 깨달았다. 내 추천사에 '속았다'고 생각하는 독자가 있을 수 있기 때문이다. 추천의 말은 일종의 '가이드'가 될 수 있으므로 최근에는 신중한 편이다. 사실은 먹고사는 문제, 출판 시장의 메커니즘과도 연관 있다. 하긴 이런 이야기를 하는 것도 나의 결벽증일지 모른다. 어느 유명한 서평가가 말하길, 좋은 책을 열심히 소개해도 그 서평이 판매에 끼치는 영향은 많아봤자 열 권 내외라는 이야기에 놀란 적이 있다.

"편파적이지 않은 가치는 의미가 없다." 사실 이 말은 동어 반복이다. 편파성 자체가 가치이고 의미이기 때문이다. 그래서 '편협한 책 읽기'는 편협하지 않다. 모든 책이 편협할 뿐 아니라 편협(partiality)을 기점으로 확장되기 때문이다. 나는 매사에 호불호가 분명한 편이고, 불호의 불이익을 감수하는 것이 인생이라고 생각한다(물론 마음이 잘 다스려지지는 않는다). 선호하는 책이 있고, 즐거움을 느끼는 데에도 나만의 방식이 있다. 즐겁지 않다면 왜 읽겠는가. 다행히(?) 내가 사랑하는 책은 대부분 잘 팔리는 책이 아니기에, 나 혼자 열광하더라도 독점 시장의 다양화에 그다지 기여하지는 못한다. 간혹 '사회 정의 차원'에서 좋은 책을 열 권 사서 지인들에게 보내기도 한다. "읽을 책을 사는 것이 아니라 산 책 중에 읽는 것"이라는 김영하 작가의 말을 내 식으로 바꾸면 책은 보는 것이 아니라 사는 것이다.

나는 좋은 책, 알려진 책, 많이 팔리는 책에 서평이 몰리는 현상이 바람직하지 않다고 생각한다. 어쩌면 서평(크리틱)이 가장 필요한 책은 '바람직하지 않은 내용 혹은 별 내용이 아닌데' 많이 팔려서 비판으로 판매량을 줄여야 하는 책이다. 물론 이런 일은 일어나지 않겠지만 나는 희망한다. 서평이 많이 쓰이고 비평서가 많이 출간되어야 하는 이유다.

나는 전압이 높은 책, 나를 소생시키는 책을 좋아하지만 여기에 실린 책이 모두 나를 살린 책, 가장 도움이 되었던 책은 아니다. 어쩌다가 나와 인연이 닿은 책이다. 개인적으로 내가 선호하는 책도 있지만 동의하지 않는 책, 비판받아야 하는 책도

11

있다. 어떤 책도 그 자체로 존재하지 않는다. 독자의 반응, 언급, 평가가 있어야 의미를 얻는다. 더구나 독자가 책을 선택할 수 없는 온라인 서점 시대*에는 상업성을 고려해 유명 필자의 이름을 걸고 '기획'된 책, 쉬운 책, '위로'가 되는 책에 대한 대중의 강력한 요구가 있다. 이는 기후 위기만큼이나 우려스러운 현상이다. 모든 것이 양극화되는 시대에 생각하는 능력, 지성의 양극화는 절망적이다.

기술의 발전으로 매체가 인간의 문해력을 대신하더니, 이제 팬데믹과 기후 위기까지 가져왔다. 대중의 문해력 저하, 지성의 양극화는 발전주의와 그로 인한 매체의 질주 때문이다. 지금 우리가 살고 있는 시대는 앞으로도 계속될 인류세(人類世)다. 지구의 역사에서 인간이 지구 환경을 좌우하는, 기존의 지질 시대(홍적세 등)처럼 공식적인 지질 시대는 아니지만 곧 증명될 듯하다. 완전히 다른 세상이 도래했다.

지금 이 서문에서 우울과 파국의 정서를 느끼는 독자가 있다면 나는 매우 반가울 것이다. 자본주의, 환경 파괴, 팬데믹으로 나의 글쓰기는 새로운 사슬에 휘말리게 되었다. 나는 지난 20년간 강의료와 원고료로 생활해 왔는데, 코로나19 시대에는 강의 자체가 줄었다. 요즘 대부분의 강의나 회의는 줌(zoom)이나 온

---

* 이 문제에 대해서는 필자의 글 "첨단 산업, 종이 신문('정희진의 융합')", 〈한겨레〉, 2020년 10월 27일자를 참조하라. http://www.hani.co.kr/arti/opinion/column/967291.html

라인 녹화 형태로 진행된다. 오프라인으로 할 수 있는 모임이나 강의조차 온라인으로 대체되고 강의를 조직하던 인력도 실업 위기를 맞고 있다. 방송통신대학이나 교육 방송처럼 목적이 명확한 경우가 아니라면 대면 강의와 온라인 강의의 효과는 비교할 수 없다. 이러한 상황에서 '디지털 알러지'에다 카메라 공포가 있는 나는 시민권을 박탈당한 느낌이다. 강의 자체를 기피하게 되었고, 수입은 급감했다.

한국 사회에서 고료만으로 생활하는 것은 거의 불가능하다. 자신이 쓴 책이 100만 부가 팔리거나 직장 생활을 병행해야 한다. 내겐 모두 해당 사항이 없는 얘기다. 그러니 "재미있고 쉽게 써주세요."라는 독자 메일이 예전 같지 않은 부담감으로 다가온다. 이런 시대, 어떻게 글쓰기의 의미에 대해 질문하지 않을 수 있겠는가.

문해력과 관련하여 당대 페미니즘 상황에 대해서도 언급하고 싶다. 남성의 언어를 분석하고 재구성하는 페미니즘은 태생적으로 서평의 운명을 타고났다. 여성 정체성의 정치를 넘어 탈식민주의로서 페미니즘 역시 타인을 비평하는 자신은 누구인가를 묻는 자기 비평 행위이다. 그러나 최근 몇 년 사이 국내서든 번역서든 페미니즘 책들은 대개 '추천사'가 대신하고 논쟁은 불가능해졌다. 무조건 "어렵다", "어려우면 대중화가 안 된다"는 말을 매일 듣는다.

군 위안부 운동에 대한 토론에서 내가 다른 '여성주의자'에게

"서구 페미니스트", "민족주의의 영향력을 모르는 비현실적 사고"를 한다는 이야기를 들었을 때, 한국의 페미니즘 지성은 '끝났다'는 생각이 들었다. (페미니즘과 민족주의는 대립하지 않는다. 오히려 페미니즘은 민족의 범주에 여성을 포함시켜 달라는 요구에 가깝다. 이런 기본적인 '이론'조차 사라진 지 오래다.)

누가 더 페미니스트인가, 누가 더 피해자인가, 누가 더 정치적으로 올바른가를 두고 싸우거나 앞의 사례처럼 기본적인 개념조차 알려져 있지 않다. "이미 생물학적으로 여성인데, 왜 공부가 필요한가요?"라고 묻는 여성들에게 나는 뭐라고 말해야 할지 모르겠다. 공부. 자기 언어를 갖는 것은 피억압 집단에게 가장 필요한 투쟁이다. 남성, 백인 문화는 피억압자의 언어를 두려워하고, 이는 여성 혐오로 이어진다는 사실을 여성들 스스로 내면화하고 있다. 이는 말할 것도 없이 페미니즘의 대중화가 아니라 신자유주의의 영향을 보여준다. 이제 페미니즘은 가치관이 아니라 자기 계발의 하나가 된 것뿐일까.

독후감 쓰는 '법'

창작과 비평, 문학과 지성은 같은 말이 아닐까. 창작과 비평? 비평 자체가 독자적인 창작, 새로운 글이다. 비평이나 해제 중에 본문 내용 소개의 비중이 높거나 그 본문에 대한 주석에 가까운 글이 많다. 그런 글은 비평이라기보다 본문 다시 쓰기

(rephrasing)에 가깝다. 비평 자체의 독자성, 내용, 다양성에 따라 그 사회의 창작 활동은 큰 영향을 받는다. 창작과 비평을 나누는 사고는 창작이 상상이라는 통념 때문이다. 하지만 '상상'도 사회 안에서 기존 언어를 기반 삼아 나오는 것이다.

문학과 지성? 말할 것도 없이 문학(writings)은 인간의 '최고의' 지적 활동이다. 우리는 현실의 고통을 말할 수 없을 때 픽션의 힘을 빌리고자 한다. ("이건 소설로 써야 돼.", "제 이야기를 좀 소설로 써주세요.") 문학은 재현의 재현, 비유의 비유라는 점에서 언어를 생산하는 공장이자 끊임없는 사전(辭典) 활동이다. 문학은 현실에 대해 말하되, 현실을 다르게 보이게 만든다. 하나의 비유는 열 개의 해석을 낳는다. 비유를 통해 기존 개념은 이동하고 분화한다. 전이(轉移), 전의(轉意, 轉義)다. 은유(metaphor)는 meta(over)+phora(carrying)를 합친 단어로서 '뜻을 나른다'는 의미다. 시인과 소설가들은 오만할 자격이 있다.

내게 글쓰기는 입장과 표현이 가장 중요하다. 장르가 곧 내용인 것은 분명하지만 입장 없는 글쓰기는 어느 장르나 불가능하다. 창작으로서 비평, 예술로서 비평을 지향하는 나는 서평과 그 외 글을 구분하지 않는다. 그러나 대개는 서평, 독후감에 형식이 있다고 생각하는 것 같다.

얼마 전 모 문화재단이 주최한 고등학생 대상의 독후감 경진 대회 심사를 부탁받았다. 주최 측이 책 열 권을 지정하고, 그중 응모자가 자신이 원하는 책을 선택해 독후감을 쓰는 방식이었다. 157명의 글을 읽었다. 이런 독후감 대회에서 입상하면 대입 수시전형에 도움이 된다고 한다. 내가 놀란 것은 한 명도 예외 없이 독후감 내용이 똑같다는 점이었다. 솔직히 나중에는 읽기 힘들어서 책임감으로 버텼다. 그래도 다른 글이 나올까……. 창의적이고 독창적인 학교 교육의 필요성을 요구하는 것이 아니다. 그것은 이미 한국 사회에서는 불가능한 일이 되었다.

글쓰기 형식, 분량부터 문제다. 앞부분 반은 줄거리 요약, 나머지 반은 '느낀 점'이었다. 문제는 느낀 점도 비슷하다는 것이었다. 독후감은 '반반'씩 쓰는 것이라고 입력된 것 같았다. 독후감은 책을 읽고 난 후 생각을 쓰는 것인데, 일단 생각과 느낌의 차이를 학생들에게 알려주어야 하지 않을까 하는 생각이 들었다. 줄거리로 분량의 반을 채우는 방식은 물리적으로도 그렇고, 생각할 여지를 미리 차단하는 게 아닐까.

줄거리 요약이 분량의 반을 차지하는 방식은 바람직하지 않다. 줄거리 정리는 독후감을 쓰기 전에 해야 할 일이다. 세미나나 공부 모임, 대학원 수업에서 읽을거리를 요약하면서 시간을 보내는 경우가 많은데, 이런 식으로는 공부가 늘지 않는다. 텍스트의 내용과 맥락은 참석하기 전에 숙지하고, 모여서는 '토론'을 해야 한다.

정성일이나 김현의 평론을 읽을 때, 우리는 그들이 읽은 텍스트 내용보다 그들의 생각에 더 관심이 많다. 내가 쓴 서평을 구매하는 독자들도 마찬가지일 거라고 기대한다. 책을 읽든 안 읽든 그 책에 대한 나의 생각을 구입하는 게 아닐까. 서평 쓰기의 첫 번째 훈련은 글의 서두에 한두 줄 정도로 책의 내용을 집약할 수 있는 능력을 기르는 것이다. 이는 생각만큼 쉽지 않다. 책의 내용을 완전히 파악하고, 그것을 군더더기 없이 표현해야 한다. 육화된 책의 내용을 몸속에서 '뽑아내는' 작업이다.

내 경우를 예로 들어 민망하지만, 나는 최근 원고지 50장 분량의 서평을 썼다. 책 소개는 단 한 문장이다. "《살릴 수 있었던 여자들》은 미국의 저널리스트 레이철 루이즈 스나이더가 가정폭력 실태, 특히 폭력 이후 가족 살해로 이어지는 고위험군 사례와 메커니즘을 추적한 역작이다." 이 정도 분량이면 책 내용이 파악되지 않을까. 나머지는 이 문제에 대한 자신의 생각(질문, 문제의식, 쟁점……)을 쓰는 것이다.

독후감과 문학 평론, 영화 평론, 음악 평론 등 모든 비평은 다르지 않다. 학생이 쓰면 독후감이고, '전문가'나 '어른'이 쓰면 서평인가. 나는 학생들에게도 창작으로서 독후감 교육을 희망한다. 이것은 우리가 왜 서평을 읽는가와 중요한 관련이 있다. 서평에 드러난 줄거리로 독서를 대신할 것이 아니라면, 서평이라는 창작 장르가 따로 있을 이유가 없다. 비평 역시 창작이자 새로운 이야기여야 한다. '콘텐츠', '스토리텔링'이 타령이 된 세상이다. 소프트웨어, 아이디어를 내놓으라는 후기 자본주의의 아우성이 요란하다. 문제는 누가, 어떻게 사용하느냐가 아닐까. 콘텐츠는 새로운 생각이며 스토리텔링 능력은 문제의식에서 나온다. 그것이 '우리의 무기'가 되도록 해야 한다.

서평의 윤리

20년 전 나의 첫 단독 단행본이 나왔을 때 국문학도이자 소설가를 지망했던 엄마에게 보여드렸다. 엄마는 읽을 수 없다고 했다. 평생 엄마에게 칭찬이나 격려를 받아본 기억이 없는 나는 상심했다. 그러나 엄마의 말은 예상 밖이었다. "네가 이 책을 쓰느라 얼마나 머리에서 기름이 빠졌겠냐. 나는 가슴 아파 못 본다." 아닌 게 아니라 나는 그 책을 7년에 걸쳐 썼고, 30대 초반에 머리가 반백이 되었다. 엄마는 '창작의 고통'을 알고 계셨다.

모든 글쓴이들도 나와 같다고 생각한다. 쉬운 글은 있을지 몰라도 쉽게 쓰인 글은 없다. 글쓰기는 체력, 재능, 돈, 정치, 좌절과의 싸움이다. 그래서 나는 모든 글을 존중하고, 책을 쓰고 만든 이들을 존경한다. (특히 내게 번역은 어려운 일이다. 번역은 우리말 능력을 시험하는 과정이다.) 비평이라는 이름으로 책을 함부로 대해서는 안 된다. 타인의 글을 다루려면 자신의 윤리와 정치적 판단에 관한 여러 번의 점검이 필요하다. 이것이 여성학자 사라 러딕이 말한 "비판이 실천적인 개입"인 이유다.

내가 아는 어느 뛰어난 소설가는 '평생' 자기 작품을 비평해 줄 사람을 찾고 있다. 그의 수많은 작품은 반드시 평가되어야 한다. 엄청난 지성과 노동과 시간이 필요한 일이다. 그런데 어느 누가 그런 '무임금 노고'를 하겠는가. 내게 그런 능력과 시간이 있다면 얼마나 좋을까. 알려지지 않는 책들이 얼마나 많겠는가. 비평을 전문으로 공부하는 인문학 독립 연구자의 양성이 절실하다. (다른 사회 정책 분야에 비하면 말할 수 없이 '적은 돈'으로 할 수 있는 일이다.)

문학 평론계의 예를 들어보자. 대개 평론가들은 여러 가지 이유로 시간이 없다. 50여 년간 쉼 없이 문예지에 발표된 거의 모든 소설 작품을 읽고, 다달이 비평을 쓰고, 2백여 권의 저서를 남긴 김윤식 같은 평론가는 이제 나오기 힘들 것이다. 시간이 없는데 기왕이면 유명한 작가, 잘 팔리는 작가의 작품에 대해 쓰는 것이 '가성비' 높은 삶일 것이다. 한편 잘 팔리는 유명한 작가나 학자의 글을 '날카롭게 분석해서' 좋을 일이 없다. 이 모든 것이 '문단 정치'로 이루어진 시절이 있었다. 미투 운동은 이에 균열을 일으킨 사건이었다.

나는 스스로 감격해서 쓰는 서평은 있지만 '주례사' 서평은 쓰지 않는다. 기본적으로 개인적인 성격 차원의 문제지만, 아마도 내가 일찌감치 취직을 포기한 데다 한국 사회 어느 집단에도 속해 있지 않기 때문일 것이다. 한국은 적대적 공존의 사회다. 즉 입장보다 인적 네트워크로 이루어져 '끼리끼리' 문화가 강하다. 나 역시 누구의 눈치도 안 본다면 거짓말이다. 솔직한 서평을 쓰기 위해서 나는 무의식적으로 국내 필자의 글을 피하는 편이다. 글쓰기가 이렇게 무섭다. 나도 글을 쓰기 때문에 정확한, 도움이 되는, 뛰어난 지적이 아니면 기분이 좋을 리 없다.

그런 점에서 리영희 선생님이 기억에 남는다. 그의 회고록 격인 임헌영과의 《대화》가 나왔을 때 많은 리뷰가 있었다. 그는 지병으로 '손가락이 굳어지는' 상태에서 흔들리는 글씨로 내게 편지를 보내왔다. "의식하지 못한, 나 자신(리영희)에 대해 지적해주어 고맙습니다. 다섯 번 읽었고 앞으로도 계속 읽을 것 같습니다."라고 했다. 《대화》의 서평을 쓰면서 나는 너무나 긴장했고 다른 글과 달리, 한 달에 걸쳐 '비판적으로' 썼다. '왜 여성 지식인의 책이 아닌가'부터 스트레스였다. 그와 '나'의 거리를 어떻게 조율해야 할지 쉽지 않았다. 많이 배울 수밖에 없는 글쓰기 과정이었다. 리영희 선생님의 답장은, 자신의 책이 적절한 사회적 의미를 획득(mapping)한 점에 대한 '글쓰기 태도'였다고 생각한다.

공동체에 책과 서평이 필요한 이유는 사유의 방향을 틀기 위해서다. 서평이 없다면 텍스트는 맥락 없이 부유한다. 중력 없이 돌아다니게 된다. 이 책에 실린 베티 프리던의 《여성성의 신화》 역시 '페미니즘의 대중화'와 난민과 트랜스젠더를 혐오하는 페미니즘이 출현한 당대 한국 사회에서 반드시 새로 읽혀야 한다. 해제가 필요한 이유는 책을 쉽게 읽기 위한 풀이라기보다 로컬의 상황, 즉 우리 자신을 알기 위해서다. 맥락 없는 책 읽기처럼 위험한 일도 없다. 우리 자신의 잘못된 실천을 고전에 빗

대어 정당화하기 쉽기 때문이다.

혼신을 다했고 깊이 있지만 안 팔리는 책, 안 읽히는 글, 보상 없는 글, 자기가 속한 공동체의 권력자를 비판하는 글을 쓴다는 것은 어떤 삶일까. 인생사에 이만한 외로움이 있겠는가. 그렇다고 모두가 궁형(宮刑, 거세형)을 당했음에도 불구하고 《사기》를 썼던 사마천이 될 수도 없다. 아니, 어쩌면 이 시대 궁형은 빈곤일 것이다. 한편 이러한 고통을 극복한 글이라면 얼마나 '위대한' 글이겠는가. 나는 평생을 '사랑도 명예도 권력도 돈도 포기'하고 오로지 언어에 영혼을 판 채 글쓰기에 인생을 건 이들을 몇몇 알고 있다. 그들이 사투한 책엔 별점 테러조차 없다. 알려지지 못했기 때문이다. 이 책이 그런 글쓴이들에게 전해지기를 희망한다.

참고로 이 책에 실린 글들은 각각 시차가 있다. 즉 '지금 내 생각'은 이 책과 다른 부분이 있다. 독자 여러분들은 이 점을 감안해주길 바란다.

나의 또 다른 심장, 정정혜 엘리사벳 사랑하고 고맙습니다. 능력과 체력은 따르지 않는데, 글 욕심만 많은 나를 격려해주는 교양인 출판사 편집진에 감사의 마음을 전한다. 아직은 망가지지 않은 나의 손목, 조금만 더 버텨주기를……

2021년 3월, 정희진

1장

아픔에게
말 걸기

불안하지 않은 이들에게 권함

나는 불안과 함께 살아간다 _ 스콧 스토셀

조지 큐커 감독의 1944년 작 〈가스등〉에서 잉그리드 버그먼은 불안해 보인다. 그녀는 실외 가스등이 깜빡거리며 고장났다고 주장한다. 남편 샤를 부아예는 그렇지 않다고 달래다가 나중에는 그녀를 정신병자로 몬다. 유산 상속을 노렸던 남편의 음모가 밝혀진다.

이 영화는 '여성의 경험과 남성의 언어'를 상징하는 텍스트로도 유명하다. 왜 불안해 '보이는' 사람의 판단은 신빙성이 없다고 생각하는가. 불안이 경험의 결과라면 더욱 믿을 만한 증언이 아닐까. 불안의 사회적 지위는 낮다. 우리는 직접 경험한 본 것(seeing)보다 기존의 통념(believing)을 더 신뢰한다.

페미니스트 국제정치학자 신시아 인로는 자본주의 사회에서 바람직한 리더는 타인의 고통에 둔감해야 한다고 지적한다. 우리는 그것을 강함으로 착각한다. 나는 최근 지나치게 자신감이 넘치고 안정되어 있어서 자신을 콘크리트 정신의 소유자라고 확신하는 기질이 자기 계발형과 결합하여 지배적(대세) 인간형으로 자리 잡아 가고 있다고 생각한다. 이런 성격이 최고 지도자가 되면 사회 분위기도 영향을 받는다. 대통령은 '승자'를 대표하기 때문이다. 그렇다. 불안이 고운 흙이라면 '안정'은 콘크리트다. 후자는 변형이 어렵다.

내가 가장 경계하는 사람은 강하고 대담한 악인이다. 이런 이들은 정치적 성향과 무관하게 어디에서나 잘 살고 있다. 선과 악은 '사실'이 아니라 강한 사람의 뻔뻔함에 의해 결정되는 경우가 많다. 나는 잉그리드 버그먼처럼 폭력, 악, 비행을 분명히 목격하고 다른 이들과 함께 피해자를 돕는 일에 조금 개입한 적이 있다. 그러나 피해자는 가해자를 두려워했고 나는 사법 처리를 포함한 여러 방식의 문제 제기를 생각했으나 모든 이들의 만류로 실패했다. 이유는 상대방이 나의 '예민한' 성격을 문제 삼아, 자신을 '불안증 환자'(나)의 피해자라고 주장할 것이 뻔하다는 것이다. 나는 성폭력 피해 상담을 오래 해 왔기 때문에 이러한 상황을 많이 겪었다. 결국 사건은 당당한 자(가해자)의 '승리'로 마무리된다.

살다 보면 누구나 위와 비슷한 일들을 겪는다. 그러나 우리 인생은 '호수'보다 '흐르는 물'의 시간이 압도적으로 많다. 불안, 취약성, 마음의 소요는 합리적이고 건강한 몸의 일부분이다. 우울감과 불안감이 삶의 질을 현저히 떨어뜨릴 정도로 고통이 심할 경우가 질병이지, 불안한 상황 자체는 병이 아니다.

《나는 불안과 함께 살아간다》는 책 제목 그대로 불안에 대한 재해석이다. 불안이 질병일 경우에도 단지 아픈 것이지 '미친' 것이 아니다. 나는 지나치게 안정되고 차분한 사람, 쿨한 사람, 목소리가 낮은 사람, 감정을 드러내지 않는 사람은 가까이 하지 않는 편이다. 이런 태도는 자기 방어, 무식, '갑' 지향 의식을 포장한 '교양이 얇은 중산층'의 페르소나이기 때문이다.

전쟁에서 사람을 죽인 '참전 용사'가 죄책감에 시달리는 것은 당연하다. 그런데 우리는 이들을 환자―PTSD(Post Traumatic Stress Disorder, 외상 후 스트레스 장애)―로 진단하고 죄의식을 느끼지 않도록 '고쳐서' 다시 전쟁터로 내보낸다.

사회 적응을 돕는 정신과 의사이자 동시에 변화를 시도하는 혁명가였던 프란츠 파농에게 가장 큰 의문은 다음과 같은 상황이었다. 파농은 자신이 맡은 환자들(알제리 독립 운동가를 고문하는 프랑스 경찰)이 업무를 잘 수행하면서도 죄의식을 느끼지 않게 해 달라는 호소에 괴로워했다.

피억압자이면서 억압자들을 치료했던 파농의 딜레마는 이후 그의 탈식민주의 사상의 핵심이 되었다. '치료'(해방)란 예전으로 돌아가는 정상으로의 회복이 아니라 새로운 사회로의 이행이다. 고문 경찰 스스로 자기 위치성을 사유하지 못하면 치료는 불가능하다. 그리고 그 과정에는 극심한 불안이 따른다.

불안과 우울에 관한 연구/치료는 정답이 없다. 이론은 이론끼리, 사례는 사례끼리, 역사는 역사끼리 수많은 반례가 있고 길항한다. 우리는 모색할 뿐이다. 이런 책이 많이 나와야 하는 이유다. 알려졌다시피 이 책은 앤드루 솔로몬의 걸작 《한낮의 우울》의 '불안(anxiety) 버전'이다. 좋은 책은 어쩔 수 없다. 좋다. 손색이 없다.

여전한 논쟁거리는 당사자가 자기의 정체성이나 질병에 대해 쓸 때 우리를 괴롭히는 방법론이다. 특히 사회 자체가 지극히 병리적이고 이중적이면서 이러한 상황에 대한 인식 체계는 없는 한국이라면 말이다. 나는 "절대 상처를 드러내지 마라."(44쪽)는 말에 동의한다. 나에게도 드러내야만 하고, 드러내고 싶은 문제가 있다. 그러나 (순전히 개인적 능력 때문에) 내 시도는 여러 번 실패했다. 낙인과 민폐, 자학만 얻었다.

사회의 '크기'는 고통에 대한 태도와 그것을 품을 용량(capacity)으로 가늠할 수 있다. 나를 비롯해 한글판 제목대로 "피할 수 없는 모든 고통과 함께 살아갈 수밖에 없는" 우리의 목소리는, 우리 자신의 그릇에 온전히 담길 수 있어야 한다. 나는 '불안하지 않은' 이들이 이 책을 읽었으면 한다.

"지금 뭐하세요?"
"아프고 있습니다."

통증 연대기 _ 멜러니 선스트럼

대개 서평을 청탁받으면 출판사에서 책을 보내준다. 하지만 나는 "번잡스럽게 그러지 마세요." 하며 동네 서점에서 정가 2만 원에 이 책을 샀다. '원래의 나'는 편집자의 비평을 받기 위해 마감 며칠 전에 글을 보내는 '모범생' 기질의 필자였다. 지금은 매번 마감을 전후해 "원고가 늦어 정말 죄송합니다."라고 메일을 보내고, 문장의 기본인 비문(非文) 여부나 맞춤법을 놓고 전전긍긍하는 처지다. 이 책은 서평 때문이 아니더라도 꼭 읽고 싶었다. 그런데 사놓고 어디에 뒀는지 몰라 글쓰기 부담보다 더 괴로운 집안 청소를 해야 했다.

위 세 가지 사연은 모두 나의 지병으로 인한 통증 때문이다. 책을 배달받지 않고 사는 게 통증 때문이라고? 이해하기 힘들 것이다. 내 질병은 국민건강보험 적용이 어렵고 환자마다 증상이 다양하고 심지어 정반대인 경우가 많아서 병의 인지와 진단 자체가 어렵다고 알려져 있다. 하지만 공통적인 증상은 분명하다. 일상의 무능력과 불성실. 무능력과 불성실이 인간성의 문제가 아니라 병의 증상인 것이다.

주변 사람들은 "네가 말 안 해도 사람들이 (이미) 다 알아." 하고 비웃지만, 나는 여전히 내가 아프다는 것을 말하기 어렵다. 내가 아픈 것이 창피하고, 내 병이 알려지는 것이 두렵다. 나는 내가 살아 있는 한 남들이 다 쳐다보는 벽장(closet) 속에서 혼자 아파야 하는 신세다. 서두에 개인적인 '앓는 소리'를 내는 것이 부끄럽지만, 서평이 이렇게 고통 호소로 시작되는 것 자체가 이 책의 중요성이 아닐까 생각한다. 안 아픈 사람이 있는가?

멜러니 선스트럼의 《통증 연대기》의 긴 부제는 이 주제에 대한 통찰과 글쓰기의 어려움(suffering)을 말해주는 듯하다. "The Pain Chronicles: Cures, Myths, Mysteries, Prayers, Diaries, Brain Scans, Healing, and the Science of Suffering." (역자는 'pain'을 주로 '통증'으로 옮겼지만, 나는 '고통'이라는 표현이 익숙해서 이 글에서 혼용해서 쓰겠다.)

책의 제목에는 'pain'과 'suffering'이 모두 들어 있다. 서구 근대 철학에서 'pain'은 신체적 아픔을 의미했고 'suffering'은 정신적 괴로움을 의미했다. 그리고 이들은 몸과 마음의 이분법으로 위계화되었다. 의식 작용을 수반하는 정신적 괴로움(suffering, 고뇌)이 몸의 고통보다 우월하다고 본 것이다. '통증'

은 이러한 구분에 문제를 제기하기 위한 적합한 용어가 아닌가 싶다.

제목이 책 내용을 제시하는 경우가 있는데 이 책이 그렇다. 이 책은 통증에 관한 백과사전이다. 저자의 일기이자 통증의 미스터리, 종교성, 치유책 등 (서구 문화를 중심으로 한) 통증의 모든 것이다. 이 책은 주제나 내용에 상관없이 책 읽기를 즐기는 '전방위 독서광'들이 좋아할 만한 정보로 가득 차 있다. 통증이라는 이슈는 다학제, 간학제일 수밖에 없기 때문일 것이다. 고통에 관해서라면 질적으로나 양적으로 이만한 지식을 담고 있는 저작도 드물 것이다.

미국인 5명 중 1명이 앓고 있는 만성 통증, 진통제로서 마약과 중독 물질로서 마약의 차이, 마취 없는 수술의 역사와 외과의사의 지위 변화, 고문, 우울증, 편두통 등 모든 내용이 흥미진진하다. 이 점은 책의 장점이자 단점이다. 이 책은 고통에 대한 저자의 철학적 사유, 정치적 입장을 피력하기보다는 인류가 고통을 다루어 온 방식, 인식해 온 역사에 초점을 맞추고 있다.

어렸을 때는 고통이 삶의 요소 중 하나라고 생각했다. 그 다음엔 "고통은 삶의 필연"이라는 말에 수긍이 갔다. 그러다가 탈식민 페미니스트 글로리아 안살두아의 책에서 고통은 "삶의 방식(way of life)"이라는 구절을 발견하고 완전히 절망했다. 어떻게 그렇게 산단 말인가? 삶의 반대는 죽음이 아니라 고통이며, 죽음의 반대 상태는 삶이 아니라 일상이다. 이 책의 주제가 이렇다고 볼 수는 없지만, 삶과 고통의 관계는 책에 인용된 "지금 뭘 하고 있나요?"라는 물음에 "아프고 있습니다."라고 대답한 알퐁스 도데가 요약하고 있는 것 같다.

가장 논쟁적인 부분은 '통증은 무엇인가?'(331~337쪽)이다. 나는 통증을 정의하는 것은 불가능하며 이러한 시도와 접근 방식이 전제하는 사유 자체가 문제라고 생각한다. 인간은 인간관계의 줄임말이지만, 동시에 인간은 각기 다른 몸들이다. 통증은 개인의 몸에서 일어나는 주관적인 현상일 수밖에 없다. 통증의 개념을 정의하는 것보다 이를 둘러싼 물리적 권력 관계, 권력과 지식, 인식과 치유 과정의 사회성, 정치학, 언어가 '통증학'의 핵심 주제가 아닐까.

저자는 "통증은 감각일까, 정서일까, 관념일까? 통증은 생물학적 산물일까? 문화의 산물일까?" 하고 질문한 뒤, 통증을 영적인 표지로 본 고대의 통증관과 생물학적 기능으로 본 19세기 통증관을 화해시킨다. 나는 통증의 개념보다는 통증을 왜 연구해야 하고, 인간이 피할 수 없는 문제인데도 왜 금기시되어 왔으며, 왜 덜 다루어지고 있는지에 관심이 있다.

저자를 비롯하여 이제는 거의 모든 전문가들이 통증의 원인은 생리적(육체적), 심리적, 사회적 상호 작용이라는 데 동의한다. 문제는 정치적 연대(solidarity)와 투쟁을 통한 통증의 변형 가능성이다. 통증은 치유되고 경감되고 다르게 해석될 수 있고, 또한 그래야만 한다. 이것은 이미 프로이트의 지론이었다. 수술이나 투약이 아니라 말로 육체의 고통을 치료(talking cure)할 수 있다는 그의 이론은 상담 심리의 기술이라기보다는 고통과 사회의 관계에 대한 혁명이었다.

'군 위안부 여성'의 경험, 성폭력 피해 여성의 모욕감, 정신질환자의 통증, 암 환자의 고통, 장애인의 '불편'은 변화할 수 있다. 삶은 통증이지만 우리는 덜 아플 수 있고, 통증에 대한 대처에서 좀 더 평등할 수 있다.

《통증 연대기》는 영어와 우리말 모두에 능란한 번역자의 유려함과 뛰어나고 성실한 수고로운 편집으로 독자에게 행복감을 준다. 나는 특히 저자의 참고 문헌 중에 한국어로 번역된 책을 병기한 이런 책을 좋아한다. 개인적으로 고통과 몸은 내 인생과 공부의 평생 주제인데, '동지'들이 있다면 이 책과 더불어 다음을 읽기 권한다.

외국 필자에 국한한다. 올리버 색스, 앤드루 솔로몬, 엘리자베스 퀴블러 로스, 앤드리아 드워킨, 오오누키 에미코, 존 사노, 사라 러딕, 미리엄 그린스팬, 도미야마 이치로, 버니 시겔, 케이 레드필드 재미슨. 번역 때문에 읽기가 통증인 책도 있지만 저자마다 대개 2권에서 7권까지 번역되어 있다.

비윤리적 내용의 걸작, 고문에 관한 영화지만 관람이 고문인 영화 〈마터스 – 천국을 보는 눈〉(2008년)도 함께 권한다. 마터스(Martyrs), 순교자라니!

모든 인간의 눈물은 무색이고
피는 빨갛다

세상과 나 사이 _ 타네하시 코츠

오바마 대통령 재임 기간 중 내게 가장 인상적인 사건은 2009년 7월 흑인 교수 체포 파문이었다. 당시 나는 미국 대통령과 동일시하며 분노하고 절망했다. '제3세계의 여성'인 내가 미국 대통령과 같은 심정일 수 있었던 유일한 이유는 그가 흑인이었기 때문일 것이다. 미국 흑인사 연구의 권위자인 하버드대학의 헨리 루이스 게이츠 주니어(당시 58세) 교수는 오바마의 멘토로도 유명한데, 그는 자기 집 현관문 열쇠가 없어서 힘으로 열고 들어가려다가 이웃의 무단 침입 신고로 현장에서 체포되었다. 자신의 집이라는 사실과 그의 신분이 밝혀졌지만 출동한 경찰은 '소란 혐의'를 씌워 곧바로 그에게 수갑을 채웠다.

오바마 대통령은 크게 분노했던 것 같다. 그러나 영부인 미셸을 포함한 참모들의 만류로 '경찰이 어리석게 행동했다'는 정도의 성명서를 발표했다. 기자회견 도중 질문을 받은 오바마 대통령은 "만약 내가 백악관에서 그렇게 행동했다면 총에 맞는 것 아니냐."며 분을 참지 못했다. 게이츠 교수를 체포한 경찰이 소속한 지역의 경찰서장은 "크롤리 경찰관은 훈련받은 대로 행동했다."고 했고, 심지어 해당 경찰관은 "대통령이 시골 동네 경찰 업무까지 개입하다니 실망스럽다."라고 당당히 말했다. 졸지에 오바마는 '큰' 국정은 돌보지 않고, 자신의 지인이 체포된 것에 흥분해 사감을 감출 줄 모르는 지도자가 되었다. 백인 경찰은 이 문제를 인종 차별이 아니라 최고 통치자의 '동네 경찰 간섭'이라고 조롱했다. 한국 사회에서 이런 일을 상상할 수 있을까. 경찰의 힘이 약해서가 아니라 개인의 정체성(인종) 우위를 이용해 '일개 시골 순경'이 대통령에게 훈계하는 상황이 가능한가. 이 사건은 흑인 미국 대통령 시대의 한 단면을 상징한다.

나를 더욱 열받게 한 사건은 계속 이어졌다. 자기 집에 들어가려다가 체포된 교수, 대통령, 담당 경찰관 3인의 '화해 맥주 회동'이 열렸는데 지금도 그 장면을 잊을 수 없다. 교수의 비굴하고 수치스런 얼굴, 애써 분노를 참으며 어색한 표정을 숨기지 못하는 대통령, 당당하고 호탕하게 웃으며 맥주를 들이켜는 경찰.

미국 대학 학제에는 '흑인학(black studies/ethnic studies)'이라는 과목이 있으며 이를 구조적, 학문적 주제로 다룬다. '흑인 문제'는 자본주의와 근대성의 시작과 함께 도래한 역사다. 미국은 인종 차별이 심각하지만 그만큼 이 문제에 대한 사회적 고민도 깊고 많은 연구가 이루어지고 있다. 토니 모리슨 같은 흑인 여성 노벨상 수상자도 배출했다.

미국 사회의 흑인에 대한 폭력을 다룬 이 책은 '흑인 수난사'처럼 보인다. 물론 그런 내용을 담고 있기도 하다. 하지만 나는 이 책을 인간의 기준이 백인 남성인 사회에서 인간의 범주에 미달하는 반인간(半人間, half-person), 즉 흑인과 여성에 대한 신체 훼손(mutilation)의 역사로 읽었다. 현재 한국의 기지촌 성산업에 종사하는 여성은 동남아시아 출신 여성이 다수를 차지하지만, 1990년대까지만 해도 한국 여성과 미군 사이에서 태어난 어린이('혼혈아')는 '해프 퍼슨'이라고 불렀다. 이 단어에서 '2분의 1'인 인간은 어머니가 한국 여성이고 아버지가 흑인일 경우고, 아버지가 백인이면 '2분의 1'이 아니라 '인간'이 될 것이다.

시몬 드 보부아르나 도나 해러웨이 같은 여성주의자들은 백인 남성이 여성은 자연과 인간의 중간으로, 흑인은 동물과 인간의 중간으로 간주해 왔다고 비판한다. 그러므로 '완전한 인간'인 백인 남성은 자신의 사회적 지위와 무관하게(앞에서 언급한 경찰관처럼) 흑인과 여성의 몸을 구타하거나 살해할 수 있는 통제권을 지닐 수 있다. 타인에 대한 통제권을 지닌다는 것. 흑인에 대한 백인의 지배가 문화적으로 합의된 사회에서 흑인의 몸은 백인의 것이다. 백인 마음대로 할 수 있는 것이다. 그것이 강간, 고문, 살인, 감금이든 모두 합법'적'이다. 압도적 폭력을 마음으로, 평화로, 정신력으로 극복하는 것은 불가능하다. 피해자에게 그것을 요구하는 것은 가해자 편에서 박수를 치는 행위와 같다.

'인간'이 '비(非)인간'을 통치해 온 역사가 '지배자와 민중'이라는 식의 추상적인 개념으로 설명되어서는 안 된다. 1950년대 한국 사회에서 한센병(나병) 환자를 살해하는 것은 살'인'죄가 아니었다. 그들은 인간이 아니었기 때문이다. 지금도 가정 폭력 사건에서 남편이 아내를 구타하다가 아내가 사망할 경우, 살인이 아니라 과실치사로 처리되는 사례가 대부분이다.

미국 사회에서 경찰로 상징되는 백인 권력이 주로 공적인 공간을 상징하는 거리에서 폭력을 행사한다면, 남성은 가정이나 연인 관계, 섹슈얼리티와 같은 사적인 영역에서 여성에게 폭력을 행사한다. 가부장제 사회에서는 지역에 따라 형태가 다를 뿐 여성에 대한 폭력이 만연해 있다. 흑인에 대한 폭력은 백인 남성 대 흑인 남성의 정치적 갈등으로 사회적 사건이 되지만, 여성에 대한 폭력은 이성애 제도 안에서 남성과 여성 개인 간의 문제로 수렴된다. 사소하거나 사적인 문제가 되는 것이다.

명예 살인(honor killing), 황산 테러, 신부 불태우기, 지참금 살인, 음핵 절개, 아내 순장(殉葬, sati), 여성 구매 후 강간 출산과 아기 장기 적출, 아들이 어머니를 향해 돌을 던져 죽이는 스토닝(stoning)⋯⋯. 여성에 대한 폭력이 사적인 문제로 간주되는 것은 이 사안의 가장 큰 이슈지만, 이는 역설적으로 흑인 몸의 가시성과 관련이 있다.

지금도 일제 강점기 필리핀 출신의 '군 위안부' 당사자나 운동가들은 한국인 위안부들이 일본 남성들에게 '특혜'를 받았다고 주장한다. 한국인과 일본인은 피부색이 비슷하다는 것이다. 근대 일본의 국가 형성(nation building)에서 제1의 희생양이 된 자이니치(在日, 재일 동포)가 있지만 이들은 비슷한 외모와 결혼, 국적 변경 등으로 현재는 자이니치의 정확한 인구를 파악하기 힘들 정도로 '자이니치 정체성'이 희석되어 가고 있다. 몸의 '유사함' 때문이다. 현재 한국 사회에는 인종 문제를 대신하는 여러 차별이 있지만(지역 차별, 학벌주의, 외모주의, 이주자 차별 등) 근대 서양 사회, 특히 미국의 인종사(史) 문제는 한국인의 상상을 초월한다.

　문제는 몸이다. 다시 말해 피부색과 사람의 관계는 무엇인가라는 근본적인 질문이다. 물론 인간의 몸을 이루는 어떤 부분도 인간의 범주와 관련이 없다. 차이를 만드는 것은 생물학이 아니라 권력이다. 피부색은 좀처럼 희석되지 않는다. 여성, 장애인, 동성애자, 트랜스젠더는 흑인과 다르다. 이들은 다른 방식으로 몸이 부여한 정체성의 지도를 찢을 수 '있다'. 백인/남성/이성애자/비장애인과 다른 이들의 몸은 계급, 퀴어링, 의료 규범으로 '혼란'시킬 수 있는 여지가 있다. 그러나 흑인의 몸은 있는 그대로의 표식이다. 근대 자본주의가 부여한 영원한 화인(火印)이다. 쉽게 뜯어내고 그냥 버릴 수 있는 라벨이 아닌 것이다. 그래서 프란츠 파농은 항상 기도했다. "제 피부색이 저로 하여금 늘 생각하는 인간이 되게 하소서."

몸은 사회적(social/mindful body)이다. 몸은 기억이다. 있는 그대로의 몸은 없다(영어 body는 그냥 '시체'라는 뜻이다). 몸은 언제나 해석이다. 같은 흑인이라도 힘과 스피드를 상징하는 운동 선수 우사인 볼트나 '흑진주'로 불리는 뛰어난 미모의 여성들은 흑인이라기보다 '뛰어나지만 특이한 인간'의 범주로 다시 구분된다. 이들의 예외성은 해석의 힘을 보여준다. 한편 책에도 나오는 'one drop rule', 즉 선조 중에 흑인의 피가 한 방울이라도 섞이면 '인간'이 될 수 없다는 해석이 존재한다. 영화화되기도 한 미국 소설가 필립 로스의 작품 《휴먼 스테인》(2000년)은 흑인의 피가 인생의 얼룩이자 오점('스테인stain')의 상징임을 보여준다. 검은색, 그것은 없애야 하지만 없앨 수 없는 것이다.

우리는 이미 타인의 몸을 보는 순간 나와 다른 점을 찾고 누가 더 사회적 타자인가를 몇 초 만에 판단(해야)한다. 우리는 그런 존재다. 그런데도 타자성을 인식하지 않는 인간다움을 회복하는 유일한 길은 '인간의 몸은 같다'는 것을 잊지 않는 것이다. 인종이든 성별이든 '변형된(trans)' 몸이든 모든 인간의 눈물은 무색이고 피는 빨간색이다. 이 두 가지 색은 몸의 파열, 즉 체액이 밖으로 나올 때—울고 피 흘릴 때—에만 가능하다. 인간의 공통된 본질은 슬픔이나 고통으로 몸이 해체되었을 때만 인식 가능한 것이다.

이 책의 제목이 '세상과 나 사이(Between the World and Me)'

라는 사실은 책을 읽는 내내 생각해야 할 화두다. '세상'과 '나' 사이에 무엇이 있다고 생각하기 쉽지만 그렇지 않다. 그보다는 내가 세상과 관계 맺는 과정, 자신을 '세상'이라고 보편화하는 세력('백인')이 나에게 행사하는 폭력, 나의 외부가 나를 규정하는 방식, 나와 세상 사이의 통로(channel)에서 만나게 되는 또 다른 세상 등 여러 가지를 생각하게 하는 좋은 제목이다.

'세상과 나 사이'에 존재하는 것이 있다면 그것은 관계성이다. 관계성은 중간에 있는 법이 없다. 세계는 (그리고 실제로 지구는) 기울어 있고, 나는 언제나 내 위치를 바꿀 수 있다. 위치성의 변화는 현재 자기 위치를 인식하고 유동의 가능성을 상상하는 순간부터 시작된다. 그런 점에서 이 책은 모든 인간의 이야기이다.

가장 어려운 혁명, 내 몸 긍정하기

몸의 말들 _ 강혜영 외

몸의 일기를 위하여

이 책의 의미는 몸에 '대한' 책이 아니라는 점에 있다. 《몸의 말들》은 '몸=나'임을 잘 보여준다. 흔히 말하는 "내가 내 몸에 대해 쓴다."는 어불성설이다. 이는 두 개의 자아가 서로 부닥치는 정신 분열이다. 사회 운동에서 몸에 대한 자기 결정권은 여전히 중요한 권리지만 정확히 말하면 내 몸은 내 것이 아니다. 내가 내 몸의 결정권을 쥐고 있는 것이 아니다. 내가 사는 삶이 몸이다. 몸이 나다. 그러나 육체와 정신의 분리와 위계는 너무나 뿌리깊어서, 이 말은 생각보다 어려운 언설이다.

지금 이 글도 작은따옴표와 괄호투성이인데 일종의 협상적 글쓰기라고 할 수 있다. 나는 몸에 대한 소유격이나 대상화가 전제된 나'의' 몸, 몸에 '대한'…… 같은 표현을 최대한 피하고자 노력하지만 가독성을 고려하지 않을 수 없다. 근대의 모든 지식이 서구의 산물임을 인정한다면, 이 책은 '바디 포지티브(body positive)'라는 영어 표현이 적절하다. 우리말로 번역하면 "몸'을' 긍정하기"처럼 목적어에 필요한 조사('을')에서 자유로울 수 없다. 이 글을 포함해 몸을 이슈로 한 글쓰기는 언제나 내게 어려운 곡예다.

또 다른 고백이 있다. 나는 이 발문(跋文) 형식의 글을 여러 차례 썼다. 쓴 것을 버리고 계속 고쳐 썼다. '발문'을 써야 하는데 나도 모르게 계속 나의 '사적인' 이야기를 쓰고 있었기 때문이다. 15년 전 지병을 얻은 이후 아직도 나는 (나의) 몸을 인정하지 못하고 있다. 질병과 그 현실을 수용하지 못하니 '이생망(이번 생은 망했다)'이다. 인간관계, 의사소통, '보통의 건강', '학문적 야심', 생계……. 많은 인생사가 불가능하게 되었거나 그 경계에 있다.

몸, 즉 나 자신을 향한 적대감, 분노, 좌절, 비참함, 세상을 향한 원망, 기력 없음……. 나는 이 글을 쓰기 이전에 우선 나(몸) 자신과 싸워야 했다. 나에게 몸은 절실히 바꾸고 싶은 그 무엇, 그러다 안 되면 버리고 싶은 것이다. 나는 이 책의 필자이고 싶었다. 그래서 나는 이 책의 어떤 필자들은 부럽고, 어떤 필자는 존경스럽고, 또 어떤 필자에게는 공감했다. 자기 몸에 '대해' 쓰는 실천에는 여러 의미가 있다. 쓰고 싶기도 하고, 괴롭기도 하고, 쓸 수 없기도 하고, 결국 쓸 몸이 안 되기도 하고…….

인생은 '몸', '글', '몸의 글' 사이에서 하는 방황이다. 대개 '자원 있고 나이 든 남자 어른'들이 출간하는 자서전과 회고록은 바람직하지 않은 몸(에 대해) 쓰기의 대표적인 예이다. 자신에 대해 쓰는 글은 프랑스 작가 다니엘 페나크의 동명의 책처럼 '몸의 일기'여야 한다.

나(몸)를 쓰면서 기존의 언어를 넘어서기

이 책에 실린 이야기들은 기존의 '피해자로서 몸, 그리고 극복'이라는 전형적인 서사가 아니어서 반갑다. 여성주의는 피해자 정체성의 정치가 아니다. 그것으로 인생의 어떤 문제를 '극복'할 수 있겠는가? 이 책은 여성주의적 글쓰기, 몸으로 글쓰기의 새로운 모델을 잘 보여준다. 이 책에서 몸은 외모 외에 건강, 자기 표현, 공중 보건, 관계, 정체성, 생애 주기, 취업 문제까지 생을 망라하는 행위자(agent)다.

적절한 비유가 될지 모르겠지만 이 책은 《킨제이 보고서》(1948년, 1953년)보다 훨씬 내밀하고 정치적이다. 《킨제이 보고서》는 섹슈얼리티에 대한 사회적 금기 '때문에' 고전이 되었지만, 평범한 몸들의 생애사는 '섹스 이야기'보다 우리를 더욱 놀라게 할 것이다. 몸에 '대한' 일상적 담론은 건강과 외모를 넘어서지 못하는 경우가 대부분이다. 나는 이른바 '인생 상담' 비슷한 이야기를 듣게 되는 경우가 많은데, 하나같이 이 책에 등장할 만한 몸 이야기다. 인생의 고통은 몸(자아)을 긍정하지 못해서 발생하는 문제가 대부분이기 때문이다.

중세로부터 이성(理性)의 혁명이 있었지만, 스피노자 같은 사상가들에 의해 몸을 지배하는 이성에 대한 비판이 현대 철학의 핵심 주제가 되었다. 페미니즘 사상도 섹스/젠더/섹슈얼리티 논쟁에서 몸으로 이동한 지 오래다. 엘리자베스 그로츠의 '육체 페미니즘(Corporeal Feminism)'에서부터 주디스 버틀러의 '몸이 모든 문제(Bodies That Matter)' 등이 대표적이다. 한마디로 몸은 이 시대 최대의 화두이자 자연, 인문, 사회과학의 학제를 가로지르는 앎의 키워드이다. 개인의 몸에 글로벌 자본주의의 정치, 문화, 심리까지 모든 영역이 망라되어 있다. 몸의 개체성은 몸 연구가 어려운 이유인 동시에, 몸이 사유의 보고임을 말해준다.

여성주의 실천이라고 해서 다 '올바르거나' 현실적인 것은 아니다. 예를 들어 나는 개인적으로 '탈코르셋' 운동과 거리가 있다. '탈코르셋'은 기본적으로 젊은 (중산층) 여성의 몸을 전제로 한 것이다. 물론 대단히 중요한 여성주의 실천이지만 통념과 달리 모든 여성이 규범적인 아름다움을 추구하는 것은 아니다. 외모에 대한 관심은 여성마다 다르다. 특히 가난한 여성이나 나이든 여성은 어느 정도 외모 관리('코르셋')를 하지 않으면 시민권을 박탈당한다. 나 역시 내 옷차림이나 외모 때문에 택시를 잡지 못하거나 노숙자나 좀도둑 취급을 받은 적이 적지 않다. '탈코르셋' 운동은 가부장제에 저항함과 동시에 남성 사회가 정한 여성의 범주를 수용한 지점에서 시작한다. 이처럼 모든 운동은 모순적일 수밖에 없고, 그 핵심에는 몸의 다름과 범주의 문제가 있다.

외모주의 그 '너머'의 문제

출근하기 전에 두 시간 동안 화장을 하는 여성, 같은 시간대에 외국어 공부나 운동을 하는 남성, 삽입이 섹스의 전부인 줄 알고 성기에 이물질을 넣는 남성, 원형 탈모로 전국의 가발 가게를 섭렵하는 사람, 제모/쥐젖 제거 광고들, 트랜스젠더 여성이지만 여성의 외모로 생활하기를 거부하는 여성, 자신이 자웅동체인 줄 모르고 불임 치료를 지속한 간성인(間性人, intersex), 타인에게 낙인과 소유의 표시로 당한 문신을 없애려는 사람, 오래된 자살 시도로 더는 팔뚝에서 혈관을 찾을 수 없는 이들……. 거듭된 성형 수술로 건강을 '망친' 사람들, 우울증에 대한 몰이해로 치료받지 못하고 자살하는 사람들, 야간 폭식으로 인한 비만 때문에 걷지 못하는 청소년, 책상을 벗어나지 못하는 광장 공포증 환자지만 모범생으로 불리는 이들……. 그런 의미에서 이 책은 앞으로 열 권 정도 더 나와야 한다. 인구 수만큼의 몸 이론이 나올 것이다.

서구 문화의 영향 속에 있는 현대인(특히 '여성'임은 말할 것도 없다) 중에 몸 스트레스, 특히 체중과 'body shape'(내게 '몸매'

라는 한국어는 왠지 외설적이다)에서 자유로운 여성은 거의 없다. 우리의 일상은 자신과 타인의 몸에 대한 언급에서 자유롭지 못하다. "전보다 배가 들어갔네.", "남자는 키랑 머리숱이지.", "에구머니나, 다리털.", "○○가 그렇게 피부에 좋다며?", "저 자글자글한 주름을 봐."…… 몸에 대한 긍정적 표현은 찾기 힘든 반면 현재 몸을 부정한 상태에서 그 묘사와 대안에 대한 담론은 끝이 없다. 이 시대, 자기 몸을 긍정하는 이들이 얼마나 있을까.

몸에 대한 관심사는 건강과 필연적으로 연결되는데, 우리는 이중 메시지에 시달린다. 자주 듣고 하는 말이 있다. "난 외모에 관심이 있는 게 아니라 건강 때문에……." 그래서 "나는 외모주의자가 아니라 건강주의자"라고 주장하지만 건강과 체중과 장애는 연속선상에 있다. 즉 어디까지가 건강, 외모주의, 장애, 비정상인지 경계가 불분명하다. 그야말로 연속(連續)이어서 '전문가'나 주변인들이 '괜찮다'고 해도 우리는 만족하지 않는다("네가 몰라서 그래."). 시중에는 자양 강장, 피로 회복, 다이어트, 노화 방지, 스트레스 해소를 한번에 해결해주는 상품들로 넘쳐난다. 여기서도 식품과 의료품의 경계가 문제가 된다.

젊음, 건강, 아름다움 이 세 가지에 대한 기준이 통치 수단이 된 것이다. 그리고 이것은 사회 구성원이 스스로 동의하는 '주체적 종속'의 영역이 되었다. 당연히 이 기준을 달성하는 일은 '미션 임파서블'이다. 기준이 계속 변하기(올라가기) 때문이다.

'긍정적인 몸'과 부정적인 자아의 반복

몸은 '자연의 법칙'이 아닌 관리의 영역으로 이동했고("바꿀 수 있다.") 매체는 발달했다. 우리는 남의 몸을 매일 본다. 비교는 필연적이다. 2000년대 이전 국제 사회의 인권 의제에서 한국 사회의 가장 심각한 여성에 대한 폭력(violence against women)은 아내 폭력('가정 폭력')과 여아 선별 낙태였다. 그러나 지금 후자는 성형 시술로 바뀌었다.

거듭 말하지만 "내 몸은 나의 것이다."가 아니라 "내 몸이 나다." 우리의 정신이 몸을 소유하고 있는 것이 아니라 몸이 바로 나다. 정신은 몸에 속해 있다. 그런 의미에서 자신의 몸에 대한 생각은 곧 자아관이 된다. 문제는 이것이다. 지금 한국 사회는 자기 몸을 긍정하기 어려운 사회인데, 과학 기술의 발달로 자아만 팽창한다는 사실이다. 이 사실에 모든 '비극'이 있으며, 동시에 이러한 책이 절실한 이유도 여기에 있다.

"매체가 메시지다."라는 마셜 매클루언의 유명한 테제는 인간이 만든 도구(매체)가 몸의 확장(extension of men)이라는 사실에서 현대 문명과 몸을 이해하는 데 중요하다. 승용차의 크기, 아파트 평수가 '내가 되었다'. 즉 내가 소유한 물건은 나의 확장이고 자아는 비대해진다. 자본은 글로벌 자본주의 시대에 빈부의 양극화와 이에 대한 민중의 일상화된 시위와 불만을 막는 장치를 마련하지 않을 수 없게 되었다. 자본이 움직이는 과학 기술이 고용의 종말, 잉여, 흙수저 '담론'의 시대에 인간의 자아를 구원해주었다. 스마트폰, SNS가 나의 자아가 되었다. 1인 매체 시대의 등장. 새로운 매체를 통해 '나'는 'KBS, 조중동' 이상의 존재가 된다. 어린이들의 장래 희망이 건물주에서 유튜버로 이동했다.

이런 상황에서 자신을, 몸을 긍정적으로 생각하기란 혁명에 준하는 발상이 없다면 불가능하다. 그러한 발상의 전환을 위해서는 몸에 대해 쓰기, 말하기, 듣기, 이런 책(《몸의 말들》)을 읽고 토론하는 커뮤니티의 존재가 필수적이다. 페미니즘이 낯설지 않은 이 시대에도 여전히 여성은 남성 사회가 만든 몸 이미지에 갇혀 있다. 남성의 존재성은 돈, 지식, 권력으로 평가되는 반면 여성의 시민권은 외모에서 시작된다. 남성은 정치적, 역사적 존재이고 여성은 생물학적, 의학적 존재라는 인식, 가부장제의 전제는 변하지 않았다. 아니, 더욱 심화되어 여성은 완벽한 스펙에 더해 '예쁘고 날씬하고 풍만해야 한다'. 그리고 부모의 자본을 바탕으로 삼은 몇몇 '슈퍼 걸'들이 매스컴을 지배하고 있다.

'사회적 약자'는 평생을 자신을 사랑하는 문제와 투쟁해야 하는 이들이다. 성별, 인종, 계급, 나이는 인간의 본질이 아니라 사회적 해석이다. 몸의 영역에는 쉽거나 작은 실천이 없다. 인생에서 가장 어려운 일은 자신을 알고 변화시키는 것이기 때문이다. 많은 이들이 매일 밤 야식을 두고 사투한다. 타인의 시선을 상대하는 용기, 나이 듦을 인정하는 것, 아픈 상태도 인생의

소중한 부분이라는 인식, 남의 몸에 대해 되도록 적게 말하기부
터 시작하자.

용서는 분노보다 우월한가?

나는 너를 용서하기로 했다 _ 마리나 칸타쿠지노

용서의 대상은 사건

첫 구절을 이렇게 시작해도 될지 모르겠지만 이 글은 '감정적'이고 사적인 글이다. 그리고 아마도 가장 줄거리가 없는 서평일 것이다. 이 글이 일반적인 형식의 해제인지 추천사인지 독후감인지 모르겠다. 다만 나는 '고통에 대한 고통'을 겪고 있는 이들에게 말을 걸고 싶다. 고통에 대한 고통이란, 침묵과 망각 외에는 고통에 대처할 다른 방법이 없는 경우를 말한다. '용서'는 이 문제가 '해결'된 다음의 이슈여야 한다.

물론 요즘 세상에 '예수 천당'을 외치는 교회 전단지나 '스님의 치유 특강' 같은 선전물이 아니라면 "용서는 자기 자신을 위한 일입니다, 용서를 통해 성숙해지십시오."라고 말하는 이들은 없다. 그런 말을 신뢰하는 사람도 드물다. 용서를 고통받은 이들에게 떠넘기는 것은 가해 세력의 관점이기도 하지만 이미 너무 상투적이다.

나는 한나 아렌트의 "용서야말로 '불가역성의 곤경'으로부터 벗어나는 유일한 방법이다.", 리처드 홀러웨이의 "용서는 과거의 굴레에서 벗어나게 해준다.", 데즈먼드 투투 주교의 "용서 없이는 미래가 없다."는 말에 동의하지 않을 뿐 아니라 이 말들이 용서에 대한 잘못된 접근 방식이라고 생각한다.

《나는 너를 용서하기로 했다》는 그런 책이 아니다. 한 페이지를 넘기는 데 10분 이상이 걸릴 만큼 메모할 구절로 가득하다. 인용하기에 좋은 깊은 사유와 무릎을 치게 만드는 미문(美文)으로 그득하다. 진심으로 많은 이들이 읽었으면 하는 책이다. 출판사의 소개대로 용서의 미덕을 무조건 강조하는 책들과 달리 용서를 경험한 사람들의 역사를 자연스럽게 보여줌으로써 공감을 이끌어내고, 다양한 사례를 통해 용서라는 행위의 유동성과 주관성을 보여준다. 깔끔한 처방을 내리기보다는 개인의 선택에 맡기는 무처방, 불간섭주의적 태도를 취한다는 점이 이 책의 가장 큰 장점이자 핵심이다. 또한 이 책은 용서 담론의 수많은 국면과 요소를 최대한 포괄하고 있다.

하지만 일부 독자들은 이렇게 물을지도 모른다. "그래서 어쩌라는 겁니까, 용서가 왜 필요합니까." 나는 이 책의 '아름답고 지당하신 말씀'에 동의한다. 내 고민은 왜 사회는(우리는) 분노보다 용서나 화해를 좋아하는지, 왜 학문은 인간의 고통이나 폭력의 문제를 연구하지 않는지 혹은 연구하는 사람을 의심("과장 아닌가?")하는지에 관한 것이다. 이미 용서를 둘러싼 담론에는 분노나 고통에 대한 부정적인 인식이 전제되어 있다. 사회는 그러한 상태를 암암리에 '극복'의 대상으로 본다. 용서는 분노보다 우월한가? 나는 그렇게 생각하지 않는다. 상황에 따라 다를 뿐이다.

용서에 대한 나의 입장을 굳이 밝힌다면 나는 용서에 관심이 없다. 더 솔직히 말하면 나는 용서라는 말이 싫고 용서의 필요성을 지나치게 강조하는 이들을 의심한다. 내 머릿속을 지배하는 생각은 용서, 화해, 대화라기보다는 부정의한 사람들과 그들의 행위가 가능한 사회적 조건이다.

고통에는 육체적, 정치적 차이가 있다. 그것은 위계이다. 모든 고통은 같지 않다. 그러나 누구에게나 자기 상처가 제일 큰 법이다. 나도 내 상처가 제일 크다. 나는 다음과 같은 패턴을 반복하며 살고 있다. 내게 도움을 청하는 사람들이 있다. → 나는 '사회 정의'나 어려운 처지의 사람들을 돕는다는 생각에서 그들의 요구에 응한다. → 오해받거나 배신을 당한다. → 시간, 돈, 평판 등에서 '큰' 손해를 본다. → 배신감, 상처, 자책감에 시달린다. → 분노로 시간을 낭비한다. → 복수할 방법에 골몰한다. → 해결 방안이 없음을 깨닫는다. → 이 과정에서 일상생활의 붕괴가 지속된다. → 어쩔 수 없이 생활 전선에 복귀한다. → 몸에 부상을 입은 채 잊는다, 잊게 된다, 잊힌다.

내게 용서는 저절로 잊히는 것이지, 용서를 위해 고민하거나 노력하는 것이 아니다. 내겐 용서해야 한다는 사실 자체가 스트레스고 참을 수 없는 부정이다. 내가 생각하는 용서는 관련된 사건을 잊는 것이다. 사건을 무시한다(ignore). 살기 위해 나 자신에게 몰두하고, 그 일을 잊는다. 물론 가해자에 대해서도 생각하지 않고 다시는 접촉하지 않는다. 나의 경우가 일반 법칙이 될 수는 없다. 나의 완벽주의 성향, 결벽증, 비사회성에 상응하는 능력은 없지만, 일중독과 자기 몰입 성향이 '용서' 따위를 잊게 해주는 것 같다.

용서 이전의 문제들

나는 이 글에서 '작은 문제'로 괴로워하는 일상에 초점을 맞추고 싶다. 가장 일상적인 문제가 실은 가장 깊이 사회 구조와 정치의 본질과 닿아 있는 법이다. 일상은 지속되기 때문에 정치의 최종 심급이자 가장 치열한 정치다. 문제는 일상의 '자잘한' 피해는 정의나 용서, 고통의 문제로 다루어지기 힘들다는 사실이다. 사회는 남성 중심의 '큰 정치'와 그렇지 않은 이들의 사소한 정치를 구별한다.

이 책에 언급되기는 하지만 흔히 비정치적인 문제라고 간주되는 성폭력 피해나 남성들의 성별화된(gendered) '저질스럽고, 폭력적이며, 더러운' 이별 과정, 동성애 혐오, 외모나 나이 비하,

학벌주의, 서울 중심주의, 인간관계에서 설명하기 어려운 모멸 감…… 이 밖에 명명하기 어려운 인생의 생채기에 우리는 어떻게 대응하며 살아가야 할까.

원래 정의와 복수는 같은 말이다. 전자가 사법의 영역에서 적용 가능한 벌(되갚음)이라면 복수는 그것이 불가능한 상황, 즉 사법 체계에서 배제되고 비가시화된 고통에 대응하는 방법이다. 실은 이 구분 자체도 정의롭지 않으며 비현실적이다. 대개 젠더(gender, '여성 문제')나 장애인, 동성애자처럼 (인구는 많지만) 사회적 소수자(minorities)라 불리는 이들이 당하는 피해나 범죄는 사법 체계 밖에 있기 때문에 정치적 문제로 가시화되지도 않고, 사회가 피해자의 분노에 공감하기 힘들며, 가해자가 처벌받거나 비난받는 경우도 드물다. 문화는 그렇게 폭력적이다.

최근에 내가 읽은 《세상과 나 사이》의 저자 타네하시 코츠의 말대로, 약자란 그들이 사회의 밑바닥에 있어야만 사회가 움직인다는 뜻이다. 그들은 자신이 사회가 꼭 필요로 하는 아래쪽이라는 사실을 이해하고 받아들여야만 한다. "미국의 흑인은 항상 맞바람이 얼굴을 때리고 바로 뒤에서 사냥개가 쫓아오는 레이스에 던져졌다는 근본적인 사실을 모르고 살아갈 특권이 없다."

어떤 문제가 용서가 필요한 이슈이고, 어떤 문제가 그렇지 않은 문제일까. 며칠 전 박사 과정을 밟고 있는 40대 지인이 논문

지도를 거절당했는데, 이유는 나이가 많다는 것이었다. 내 친구는 오늘 누군가 트위터에 자신을 "예전엔 핫한"(지금은 '한물간') 사람이라고 했다며 분노했다. 나는 어제 '유기농 전문 음식점'에 가서 아포카토를 주문했는데, 내 '추레한' 옷차림이 그런 커피를 먹을 만하지 않다고 생각했는지 아이스크림이 계속 녹고 있는데 종업원이 먹는 법을 설명했다. 그녀는 내게 선불을 요구할 때부터 "주문할 거냐"고 거듭 물었다. 여기엔 간단한 사실만 명시했지만 이 세 가지 사연에는 각자 상처의 역사가 있다. 이런 문제는 '홀로코스트가 아니라서' 쉽게 용서해야 하는가?

C. S. 루이스는 《순전한 기독교》에서 이렇게 말한 바 있다. "사람들은 용서가 아름다운 일이라고 말한다. 정작 자신이 용서할 일을 당하기 전까지는……." 1952년은 제2차 세계대전을 치른 지 불과 7년째 되는 해였는데, 사람들은 만일 루이스 자신이 폴란드인이거나 유대인이라면 게슈타포를 용서하겠냐고 물었다. 그는 즉답을 피했다. 대신 그보다 더 정곡을 찌르는 질문에서 고민을 시작해야 한다고 제안했다. "오히려 친밀한 관계를 맺고 있으면서도 우리를 고통스럽게 한 사람은 용서할 수 있겠습니까?"

용서의 불가능성

"눈에는 눈, 이에는 이"를 실현한다면 세상에 눈과 이가 남아 있는 사람은 없을 것이라는 '용서주의자'의 말이 있다. 여기에는 두 가지 무지가 있다. 가해자와 피해자의 사회적 위치가 같다면 이러한 되갚음이 가능하겠지만 인류 역사상 그런 사회는 없었다. 당한 이들은 그대로 되갚지 못한다. 약자에게 가장 치열한 복수는 자기 파괴, 자살이다.

만일 내가 대기업 폭력 용역 회사 직원에게 두들겨 맞았다면 그들에게 같은 폭력을 행사할 수 있을까?《성경》의 이 말은 원래부터 복수가 아니라 정의의 가르침이었다. 눈에는 눈'만', 이에는 이'만'. 자신이 당한 '만큼만' 행하라는 것이다. 그 이상은 안 된다는 가르침이다. 이 말은 복수가 나쁘다는 말이 아니라 정의를 제대로 실현하라는 말이다. 이처럼 복수의 불가능성과 용서의 불가능성은 연결되어 있다.

고통과 폭력과 피해가 발생하는 것 자체가 개인의 사회적 위계 때문인데 어떻게 약자가 강자에게 쉽게 복수할 수 있겠는가. 오히려 반대의 경우가 더 많다. 성폭력 가해자가 출소한 후 피해자를 찾아가 자신을 감옥에 가게 했다며 '정의 실현 차원'에서 또다시 성폭력을 저지르는 경우가 대표적이다.

용서의 또 다른 어려움은 사건은 구조적이되(정치학), 용서는 개인의 몫(심리학)으로 남는다는 것이다. 공감은 지향이지 기본적으로 불가능한 인간 능력이다. 우리는 각자 다른 몸을 가지고 있기 때문이다. 몸은 개별적이다. 근대 인권론에서 권리의 양도 불가능성은 곧 몸의 통약 불가능성(in/dividuals, 나누거나 공유할 수 없는 몸)을 의미한다. 고통은 타인의 몸에서 일어난다 (body 'in' pain). 인간(人間, man/kind)은 분명 연결되어 있으나 그것이 곧 '너=나'를 뜻하지는 않는다.

우리는 타인의 고통을 상상할 수 있을 뿐 공감하기 어렵다. 그리고 그 상상력은 내 몸을 허무는 것과 같은 또 다른 고통을 요구한다. 어머니가 자녀의 아픔 앞에서, 사랑하는 이들이 상대의 고통 앞에서 하는 말이 있다. "차라리 내가 아팠으면." 이 말은 타인의 고통을 느끼는 일의 어려움을 단적으로 표현한다. 내가 대신 아픈 것은 불가능하기 때문이다.

나는 용서를 이야기할 때 전제되어야 할 것에 관심이 있다. 그래서 내 글은 비관적일 뿐 아니라 이 책과 무관할지도 모른다. 그러나 나의 조악한 생각이 이 책을 읽는 데 참고가 되었으면 한다. 나는 용서 지향적 사회보다 '평등한 복수'가 가능한 정의로운 사회를 원한다. 이것이 먼저다.

이 책의 의미는 복수, 즉 주고받기(give and take)와 용서하기(forgive) 사이에서 'take'의 (부정적) 의미에 강조점이 있다기보다는 '무엇을 주고받고 무엇을 위해 줄 것인가'를 생각하게 한다는 점이다. 그래서 '용서하기'가 아니라 '지향으로서 용서 프로젝트(project, 企投)'다.

나는 이 책의 방법론이 좋다. 이 책의 다양한 사례는 그 자체로 하나의 이론이다. 용서는 일반화가 가능하지 않고, 또 그래야만 한다. 변화는 복잡한 현실을 복잡하게 생각하는 것에서 시작된다. 우리 사회는 '해결 매뉴얼' 중심의 사고방식에서 벗어나, 피해란 원래 복잡하고 다양하고 모순적인 환경에 놓여 있다는 현실을 인정해야 한다. 그런 점에서 이 책이 우리의 굳은 몸을 다른 세계로 이동시키고 변환시켰다는 점은 분명하다.

아픈 사람은 건강한 이들을
이해해야 한다

새벽 세 시의 몸들에게 _ 메이 외

아픈 사람은 몸을 낫게도 해야 하지만 질병이 삶에 가져오는 모든 차원의 변화와 문제에 대처해야 한다. 직업, 관계, 시간, 돈, 자아감, 삶의 의미 등등 모든 것이 고민거리이며 매일 매일이 어려운 시험이다. 공포, 불안, 상실감, 분노, 슬픔 온갖 부정적 감정을 감당하고 견뎌야 하며 거대하고 근본적인 질문들과 씨름해야 한다. …… 이렇게 많은 것을 잃고도 살 수 있을까. 살 수는 있을까. 어떻게?
(메이, 148쪽)

이 글을 쓰기 직전에 읽은 책은 필자 12명이 텀블벅 방식으로 출간한 《아무도 알고 싶어 하지 않는 이야기 ─ 친족 성폭력 생존자 수기집》이었다. 나는 잠시 착각했다. "아무도 '듣고 싶어 하지 않는' 이야기"라고 읽은 것이다. 알고 싶지 않은 이야기와 듣고 싶지 않은 이야기는 어떻게 다를까. 알고 싶지만 듣기 힘든 말이 있다. '괴로운' 화면을 보고 싶어 하는 사람은 있어도, 그런 이야기를 듣고 싶어 하는 사람은 없다. 듣고 싶지 않은 이야기 중 대표적인 것이 몸이 아픈 이들이 주변인들에게 하는 지속적인 '앓는 소리'가 아닐까. 특히 많은 딸들이 어머니의 평생 '앓는 소리'를 들어주고, 지켜워하고, 죄책감을 반복하다가 여러 가지 방식으로 어머니를 떠난다.

고통에 대한 연구는 결국 글쓰기의 문제라는 생각이 든다. 철학자 김영민은 "생각은 공부가 아니다."라고 말했는데, 내 의견을 부연하면 공부는 쓰기 혹은 쓰기의 방법이 아닐까. 쓰는 과정이 공부가 아닐까. 고통이라는 주제와 (자신을 포함한) 고통받는 사람에 관해 쓰는 것은 거리 두기, 동일시, 자기 연민, 호소, 고통을 들어주지 않는 이들을 향한 분노, 절망, 희망 제시 등 수많은 사유 방식을 넘어야 한다. 더구나 모두가 작가인 이 시대에 고통이라는 주제는 '사연 팔이'라는 최근 출판 문화와 무관하지 않다.

글쓰기에 관한 또 하나의 쟁점은 모든 글이 협상이긴 하지만 낙인이 따라오는 정체성이나 자기 상황에 대한 글은 실제 '사실'과 재현의 차이가 크다는 데 있다. 내가 직접 경험한 '아는' 이야기가 출간되거나 언론에 보도되는 것을 보면, 얼마나 많은 상황이 첨삭되는지 알게 된다. 나부터 내 고통에 대해 쓰고 싶다. 그러나 위로와 공감과 지지는 받고 싶지만 낙인이나 편견은 피하고 싶다. 내 주변에는 취업이나 평판에 지장이 있을까 봐 말하지 못하는 아니, 어차피 '아무도 듣고 싶어 하지 않고, 알고 싶어 하지 않은 이야기'를 진 무거운 몸들이 많다.

쉽게 쓰라는 요구를 받거나 사회적으로 수용 가능한 이야기를 쓰기 위해 모든 글쓴이들은 자신의 몸을 변형시킨다. 재현은 모두 환골탈태, 기억(re-member, 사지四肢의 재조합), 몸의 형태가 바뀌는 고통스러운 과정이다. 그마나 '결과'가 좋다는 보장도 없다.

《새벽 세 시의 몸들에게-질병, 돌봄, 노년에 대한 다른 이야기》는 제목 그대로 '다른', 반가운 이야기다. 이 책의 문체(文'體')에는 당사자, 연구자, 운동가의 경계가 자연스럽게 무너져 있다. 여성주의 글쓰기의 모델이 아닐 수 없다. 제목과 부제가 이 책의 지향을 명확히 말해주기 때문에 내용 소개는 생략하고, 이 책에서 나의 관심사 두 가지를 언급하고자 한다. 하나는 통증의 소통 불가능성이고, 다른 하나는 돌봄 윤리(care ethics)를 제안하는 여성주의 연구와 여성주의자의 일상 사이에 생기는 불가피한 괴리이다.

이 글을 쓰기 위해 주변 지인들에게 "새벽 세 시에 주로 뭐하나?"고 물었다. "잠이 안 와서 인터넷으로 시간을 보낸다, 체력이 약해 낮에 자다 보니 밤낮이 바뀌어서 그 시간에 식사를 한다, 우울증으로 야간 폭식을 한다, '치맥'이 습관이 되었다, 7시에 출근해야 하는데 그때까지 잠이 안 와서 108배를 하며 발버둥을 친다, 순전히 잠을 자기 위해 원고를 쓰거나 책을 읽는다,

외로워서 전화할 사람을 찾거나 지나간 메일을 읽는다……."
불면과 사는 고통이 주를 이루었다.

세상의 모든 새벽 세 시가 이렇지는 않을 것이다. 유일하게
'이상적인' 생활을 하는 이도 있었다. 오전 세 시에 기상해 아
침 아홉 시까지 집중적으로 글을 쓴 다음 샐러드로 아침 식사
를 한다. 이후 요가를 하고 쉬었다가 외국어를 배우고 직업인
강의와 행정 업무를 보고 저녁 9시에는 반드시 잔다고 한다. 이
런 '이상적인' 일상을 사는 여성도 많겠지만, 어쨌든 이 사례의
주인공이 전업주부 아내와 생활하는 결혼한 남성이라는 사실이
우연만은 아닐 것이다. 이 남성은 내게 "늘 긍정적인 생각을 하
려고 노력한다."는 말을 특히 강조했다.

나는 이 책의 제목 '새벽 세 시의 몸들'이 특히 좋다. 실제로
서도 비유로서도 적절하다. 나의 새벽 세 시 역시 불면과 잡념
의 시간, 하루 중 가장 많은 양의 음식을 먹는 시간이다. 자살
연구에 따르면 자살이 많이 발생하는 시간대는 새벽 세 시에서
다섯 시 사이이다. 이 책에도 나오듯이 새벽 세 시는 고통과 통
증의 감각이 가장 선명하게 자각되는 시간이기 때문이 아닐까.
일부 의학에서는 장기가 가장 예민한 시간이라고도 한다. "몸
으로 사는 존재라는 사실을 놀라움으로 지각하게 되는 모멘트
가 있다. 몸이 아프게 될 때, 또는 나이가 들면서 …… 겪게 되
는 격렬한 '몸의 지각'은 타협 불가능한 '자아 탐험'으로 우리
를 인도하고, 이로써 자기 이해나 시간 이해, 타자와의 관계나

사회 활동 등에서 심각하고 결정적인 변화들을 불러온다. '새벽 세 시'는 이 변화들이 가장 날카롭게 지각되는 시간이다."(김영옥, 12쪽)

여성주의 연구 방법은 그 자체로 연구 주제가 된다. 일상을 같이하는 타인과의 대화도 오해를 벗어나기 어려운 법이다. 나는 고통받는 타자와의 대화와 그것을 재현하는 작업은 인간 사회의 윤리학과 정치학의 절정이라고 생각한다. '연구'가 아니더라도 취약한 처지에 있는 상대방을 대하는 태도를 보면 그 사람을 알 수 있다. 그것이 관용이든 무시든 착취든 상관없다. '한국 여성학'에서 군 위안부 연구, 연구 방법이 그토록 중요한 이유다. 하긴 고통받는 타인의 이야기를 듣고 그것을 어떻게 '처리'(고민, 분석, 수용, 이해……)하는가가 어찌 '연구'에만 국한되겠는가. 그것이 삶의 전부다. 그래서 상호 작용으로서 돌봄은 오랫동안 인류를 지배해 왔던 인식 방식인 이원론의 전복이다.

만일 이 책의 내용이 고통 자체를 호소하는 이야기였다면 나는 이 책과 소통할 수 없었을 것이다. 왜냐하면 앞서 말한 대로 고통은 소통 자체가 불가능한 인간사이기 때문이다. 다음 세 가지가 그 이유다.

첫째, 소통이 불가능한 이유는 몸의 개별성 때문이다. 이 책의 전제처럼 우리는 누구도 남의 삶을 살 수 없으며 대신 아플 수 없다. 그래서 아픈 사람의 이야기가 '싫은 것이다'. 듣는 이에게 불가능을 '요구'하니까. 몸의 단절이 바로 인간의 고유성이자 양도할 수 없는 인권의 근거이면서 동시에 소통 불가능의 근본적 이유이다.

둘째, 말의 개념은 말하는 사람과 듣는 사람의 입장에 따라 다를 수밖에 없다. 더구나 통증이 소통의 주제라면 그 위치성의 차이는 삶에서 가장 불가역적인 영역이다.

셋째, 언어는 사회적 약속이라고 하지만 약속은 계속 변화하고 새로운 약속이 등장하기 마련이다. 언어는 공동체의 약속이지만 일시적 고지(告知)에 불과하고 사전은 갱신되기에 바쁘다. 당대 '아프다', '죽겠다'의 의미는 그 자체가 아니다. 그 말 속에는 힘들다, 버틴다, 견딘다 같은 다양한 의미가 담겨 있다. 더구나 정신과 계통(mental disease)의 질환을 앓는 이들의 호소는 너무나 가볍게 받아들여지기 일쑤여서 우울증이나 알츠하이머 초기 환자들이 늘 하는 말이 있다. "차라리 암이었으면", "차라리 다리가 부러졌으면"……. 말하는 사람이 생각하는 언어의 의미는 듣는 사람 각각의 몸을 거쳐 변화한다("내 뜻은 그게 아니었는데……"). 그러므로 본디 모든 언어는 정확하게 전달되지 않는다. 모든 언어는 바디 랭귀지다. 어투, 어감, 표정, 눈동자, 목소리의 톤(tone), 몸 전체가 말의 내용에 포함된다. 상담심리학에서는 대화의 70퍼센트가 몸의 언어라고 본다. 단어 자체가 대화에 끼치는 영향을 3퍼센트 정도로 보는 이들도 있다.

물론 위 이야기는 소통 불가능성의 조건일 뿐, 우리는 간절히 소통을 원한다. 다른 방식으로. 이 책은 다른 방식으로 소통에 성공했다. 독자로서 나는 이 책과 어느 정도 소통했고, 이해했고, 공감했다. 질병, 돌봄, 노년, 그리고 죽음에 관한 '나의 경험'을 정확히 써주어 고마웠다. 나 역시 "페미니즘을 끝없이 펼쳐진 언어, 해석, 정치학의 들판이라고 생각하다가, 내가 그 들판을 계속 달려갈 수 없다는 것, 그리고 그 들판에도 무섭고 인기 없는 장소들이 있다는 것을 알게 되었다."(전희경, 저자 소개). 글의 서두에서 이 책의 엮은이인 메이가 쓴 글은 모든 건강 약자의 상황을 어느 글보다도 '아름답게' 표현하고 있다. 군더더기나 '우는 소리' 없는, 조각(彫刻)된 언어다. 생각을 많이 해야 말을 조각할 수 있는 법이다.

이 책은 부제 그대로 '질병, 돌봄, 노년에 대한 다른 이야기'다. 페미니즘은 언제나 사회적 약자와의 연대를 말한다. 하지만 여성은 모든 집단에 속해 있으므로 약자와의 연대는 동어 반복이자 페미니즘의 '진짜 주인공'은 약자가 아니라는 함의가 있다. 여성주의 자체가 타자의 사상이고 약자의 언어(재현)라면 '연대'를 말할 필요가 없다.

페미니즘은 보살핌의 윤리를 연구하고, 이를 공적 규범의 일부로 만들고자 노력해 왔다. 보살핌은 성역할이 아니라 여성이 주로 하는 노동(practice)이 언어가 만들어지는 근거가 된다는 점에서, 여성과 관련이 깊을 뿐이다. 건강의 소중함을 알리기 위해 자기 건강을 해치는 '상록수'처럼 보살핌 윤리를 실천하기 위해서 자기 몸이 아픈 페미니스트도 있고, 아픈 동료를 도와줄 수 없는 경우도 많다. 한마디로 여성주의 내부에서도 보살핌은 실천되기 힘들다. 여성주의도 사회 안에서 기능하므로 경쟁과 논쟁, 능력주의를 피할 수 없다. 페미니스트를 포함해 많은 이들이 '보살핌, 생태, 평화' 같은 언어에 거부감을 나타내는 경우도 이와 관련이 있다.

한편 보살핌 노동의 가치와 보살핌 노동자의 처지는 다른 우주이다. 논문을 쓰고 있는데, 공부를 해야 하는데, 생계 활동을 해야 하는데 어머니, 아버지, 자녀를 간병해야 하는 여성들이 있다. 중환자 간병비는 24시간 근무를 기준으로 하여 하루 10만 원. 터무니없이 적은 돈이지만 지불해야 하는 입장에서는 월 3백만 원이다. 그나마 '좋은' 간병인은 만나기도 찾기도 어렵고, 24시간 근무라지만 교대해주어야 한다.

여성주의는 돌봄을 연구하고 주장하지만, 어떤 여성주의자는 자신에게 주어진 돌봄 노동 때문에 여성주의 커뮤니티에서 이해받지 못하거나 활동에 참여하지 못한다. 이것은 우연한 딜레마인가? 개인 사정인가? 계급 문제인가? '젊고 건강한' 여성주의자와 체력과 돈과 모든 것을 잃어 가는 중년 여성은 같은 가치의 여성주의를 지향할 수 있을까. 심지어 이를 '세대 차이'라고 주장하는 황당한 오식(誤識)도 난무한다.

우리는 사회적 모순으로서 주로 계급, 인종, 젠더를 주장하지만, 이 영역의 경험은 역지사지의 사유가 가능한 측면이 있다. 그런데 장애, 나이, 건강은 입장을 바꿔 생각하기가 어려운 불가역적인 영역이다. 직접적인 몸의 경험이기 때문이다.

내 생각에 현재 한국 사회의 여성주의는 두 그룹으로 '양극화'되어 있다. 온라인의 젊은 여성을 중심으로 한 '급진적' 여성들과 체제 내화된 일부 여성들로 나뉜 것이다. 여성 운동 단체출신 국회위원 중에서 차별금지법 제정 촉구에 서명한 여성 의원이 한 명도 없다는 사실은 무엇을 말하는가. 양극이라고 하지만 두 그룹의 페미니즘 모두 '파이가 중요한', 평등 지향의 자유주의에 기반하고 있다. 유례없는 "난민 반대, 트랜스젠더의 여대 입학 반대" 주장은 우연한 사건이 아니다.

이런 상황에서 '엄마 친구 딸(엄친딸)'들에게도 페미니즘은 중요한 도구가 되었다. 기울어진 운동장에서, 젠더라는 신분 질서 속에서 여성은 남성보다 더 능력으로 승부할 수밖에 없다. 신자유주의 시대와 교육과 능력을 중심으로 한 메리토크라시(meritocracy)의 결합. 이 시스템에 일부 여성은 그 누구보다도 자발적으로 참여하고 있다. 여성이 모두 같은 여성주의를 지향할 필요도 없고 그렇게 될 가능성도 없지만, 나는 많은 여성들이 이 책을 읽고 경쟁과 능력을 재고하는 팬데믹 시대의 공공성에 대해 생각했으면 한다.

늘 주변 사람들에게 미안했던 나에게 제목부터 인식론적 충격을 준 조한진희의 《아파도 미안하지 않습니다-어느 페미니스트의 질병 관통기》는 건강을 잃으면 모든 것을 잃는다는 말은 건강하지 않은 사람을 배제한다고 썼다. 늘 '건강'을 인사로 건네는 문화에서 전복적인 주장이 아닐 수 없다. 건강의 개념 자체가 재정의되어야 하겠지만, 일단 건강한 사람보다 건강하지 않은 사람이 훨씬 많다.

　이 책은 '건강을 잃으면 모든 것을 잃는다'와 '인간관계를 잃는 것은 모든 것을 잃은 것'의 차이를 알려준다. 무병장수는 행복의 조건이 아니다. 아프더라도 이해와 돌봄의 인간관계가 지속된다면 우리는 행복할 수 있다. 건강과 그렇지 않은 상태의 경계, '잘 아플 권리', 고통은 삶의 조건이 아니라 그 자체가 삶의 방식이라는 진실을 받아들일 수 있다.

모든 권력은 고통에서 온다

얼음의 집 _ 정찬

인간과 권력

권력은 인간의 학명이 호모 사피엔스가 된 결정적 이유일 것이다. '지혜로운 인간', '슬기로운 인간'은 생각한다는 뜻이고, 생각하는 행위는 나의 외부를 전제한다. 사람은 개인(個/人)일 수 없다는 뜻이다. 인간(人/間)이기에 우리는 인간이다. 사람과 사람 사이에는 공기(air)가 있다. 그 공기가 권력이다. 공기가 신선하든 오염되었든, 모든 곳에 권력이 있고 공기가 없는 곳에서 인간은 존재할 수 없다.

권력은 모든 인간의 관심사이자 매일의 실천(practice)이다. 삶을 권력 외부에서 설명하는 것은 불가능하다. '현실 정치(선거, 여야 갈등⋯⋯)'는 권력의 표면 혹은 결과일 뿐이다. 반면 가족이나 이성애 제도는 정치의 최종 심급, 정치의 심연이다. 미시

적이고 거시적이며, 구조적이면서 개인적이다. 가장 오래된 정치이며 가장 깊은 상처를 남긴다. 가장 친밀하고, 그래서 가장 폭력적인 관계다. 이것이 바로 페미니즘에서 말하는 "개인적인 것이 정치적인 것이다(The personal is political)."라는 의미다.

분단 체제 탓이 크겠지만 남한은 언어가 풍부한 사회가 아니다. 적대의 언어, '지당하신 말씀'이 우리를 괴롭히더니 지금은 증오의 말이 넘쳐난다. 권력(고통, 폭력……)에 대한 담론은 더욱 없다. 사람들은 대놓고 권력 행위를 하지만 권력에 대해 논의하지는 않는다. 권력의 개념이 대단히 좁고 조악하다. '순수 문학 대 참여 문학' 같은 무지는 말할 것도 없다. 요즘 유행하는 '내로남불' 현상은 권력의 발신지에 대한 사유의 부재, 행위자의 위치성에 대한 지식의 부재를 잘 보여준다.

나는 갑질 앞에서 어떻게 행동할 것인가? 혹은 내가 갑질을 할 때 내 행동의 의미를 알까? 아니면 알고서도 타인을 억압할 수 있는 사회가 된 걸까?

내가 24시간 끼고 있는 렌즈(세계관)는 권력을 행사하든 권력에 희생당하든 '권력 앞에 선 인간의 선택'이다. 그 순간, 나의 선택. 그것이 내 인격이고 인생이라고 생각한다. 도취, 우월감, 비굴, 자신을 잊음, 도망, 회피, 공포, 저항, 민망함, 복수심……. 그래서 내가 쓰고 싶은 모든 글은 인간과 권력의 관계, 그리고 권력의 재개념화이다.

내가 '대통령에게' 추천하고 싶은 책은 소설가 정찬의 중편

〈얼음의 집〉이다. 내가 이제까지 읽은 국내서 중에서 권력에 대해 이보다 치열하고 깊이 있게 다룬 책은 없었다. 이 소설은 대통령이 아니더라도 모든 이들에게 권하고 싶다. 이 작품은《황금 사다리》라는 장편 소설로 개작되었고, 동아출판사에서 시리즈로 나온 '한국소설문학대계' 중《화두, 기록, 화석, 수리부엉이 외》에도 수록되어 있다. 나는 장편《황금 사다리》보다 중편 〈얼음의 집〉을 더 좋아한다.《황금 사다리》는 너무 많은 '경우의 수'와 요소(factors)가 얽혀 있다. 중편도 읽기가 쉽지 않다. 어려운 내용이라는 의미가 아니라 몸이 텍스트를 통과하기 힘들다. 작품을 읽은 후 외로운 사유의 시간이 기다린다.

지금 이 글은 〈얼음의 집〉에 대한 내 버전의 소개이다. 이 작품에 대한 정과리, 홍정선 등 다른 전문적인 문학 평론가들과 나의 생각은 다르며, 나는 '권력의 사용'이라는 주제에 초점을 맞추고자 한다.

인간은 권력을 지녔는가

권력에 대한 가장 큰 오해는 '소유했다(have)'는 관념이다. 인간의 역사, 즉 승자의 역사는 모두 이 관점에서 쓰였다. 그래서 모든 드라마는 권력의 쟁취와 탈환을 둘러싼 서사이다. 이른바 전문가들이 대통령에게 하는 조언도 이 범주 안에 있다.

권력 개념에 접근하는 두 가지 방식은 권력이 '있다'와 권력을 '가졌다'이다. 권력을 소유의 개념으로 사고하면 인류의 모든 행동은 '도전과 응전의 역사'가 된다(막강한 클리셰다). 이것이 전통적인 국제정치학의 접근 방식이며 이때 국가는 인류가 발명한 최고의 정치 조직이 된다. 물론 이는 일부 국제정치학계의 생각이다. 더 많은 학문이나 사상들 — 후기 구조주의, 탈식민주의, 현상학, 페미니즘 등 — 의 입장은 아주 다르다.

니콜로 마키아벨리(《군주론》)와 토머스 홉스(《리바이어던》)는 남성 지식인과 정치인 들이 자주 인용하는 사상가다. 마키아벨리는 억울할 것이다. '마키아벨리스트'는 권모술수, 폭군 지상주의, 면종복배(面從腹背)의 대명사가 되었다. 이는 마키아벨리의 사상과 거리가 멀 뿐만 아니라 실제로 그는 선량하고 심지어 소심한 사람이었다. 알려졌다시피 《군주론》은 르네상스 시기에 당시 분열된 이탈리아 반도의 통일을 위해 강력한 지도자가 필요하다는 생각을 담은 책으로서 군주의 통치 기술을 다루고 있다(백성에게서 사랑받을 것인가, 두려운 존재가 될 것인가). 이처럼 국가를 중심으로 한 권력 개념은 근대 초기에 등장했으며, 권력에 대한 연구도 정신력과 군사력을 중심으로 한 힘의 사용에 집중되었다.

홉스의 《리바이어던》이 많이 언급되는 것도 '리바이어던'의 존재 때문이 아니다. 이 책이야말로 '국가의 탄생'이다. 실제 눈에 보이지 않는 제도인 국가를 실체(entity)인 양 보여주는 데 이 책이 결정적 역할을 했기 때문이다. 《리바이어던》은 첫 줄부터 마지막 줄까지 몸의 은유(body metaphor)로 서술되어 있다. 소유 개념으로서 권력이 작동하려면 국가는 영토, 주권, 인구를 가진 실물이어야 한다. 이처럼 전통적인 권력 개념은 국가와 군주를 중심으로 한 지배 집단의 자원을 의미했다. 경제주의적, 자유주의적 의미의 권력은 실체로서 소유, 계약, 이양, 양도할 수 있는 것이다. 특히 국가의 통치 권력, 즉 주권 개념은 그것을 '뺏고 빼앗긴다'는 의미에서 국가 간 전쟁 담론을 가능케 하는 주요 개념이 되었고, 국가 안보는 통치의 절대 도구가 되었다.

미셸 푸코는 다르게 생각했다. 주권은 밑에서부터 '두려움을 지닌 사람의 의지'(강조는 필자)에 의해 형성되며, 권력 관계는 법이나 주권 안에 있는 것이 아니라 지배 구조 안에 널리 퍼진 수많은 관계 안에 있다고 보았다.

"권력을 지녀야 한다.", "실력을 키워야 한다.", "억울하면 출세해라."…… 어느 시대에나 나타나는 지배 세력의 지상 명령이고, 비극의 씨앗이다. 인간의 모든 소유욕은 권력에 대한 욕망이다. 물리적 자원, 능력, 관계, 힘, 사랑…… 이 모든 것은 영향력으로서 권력이다. 이러한 권력 개념에서 갈등과 분쟁, 전쟁, 부패는 필연적이다. 현실 정치에 대한 혐오는 여기서 나온다. 집권('執'權), 권력 투쟁, 권불십년, 권력을 좋아하는 사람 같은 표현은 모두 권력을 구체적인 영향력이라고 생각하기 때문에 나온 것이다. 결국 권력의 최종은 무기(폭력)이고, 이 개념 앞에서 인간의 모든 지성과 윤리는 중단된다.

한마디로 소유로서 권력 개념이 인류의 역사를 자연의 선택 (natural selection)이 아니라 인간의 선택으로서 약육강식의 역사로 만들었다. 이것이 수많은 혁명이 실패한 이유다. 진정한 혁명은 권력의 탈환이 아니라 권력의 개념을 바꾸는 것이다.

〈얼음의 집〉은 소유 대상(object)으로서 권력 개념을 폐기하기 위한 사유의 시작이 무엇인가를 보여준다. 정찬의 방법론은 '피해자'가 아니라 '가해자'의 입장에 초점을 맞춘다. 권력의 메커니즘과 '합리성'은 피해자보다 가해자를 분석할 때 더 잘 알 수 있다. 그들은 권력을 소유하기 위해 권력의 속성과 지배의 법칙을 연구한다(대학이 그런 곳이다). 피지배자는 저항할 경우에만 상대를 파악하기 시작한다. '의식화' 전에는 '적'도 자기처럼 '착한 줄 안다'. 약자가 당하는 이유다.

가해자와 피해자는 유동적, 맥락적 개념이므로 가해의 절대성을 전제할 수 없는데 작가는 영리하게도 이를 고문자와 피고문자의 구도로 고정해놓았다. 고문은 죽음과 고통을 매개로 한 '영원한 관계'의 장이기 때문이다. 고문에 대한 일반적인 접근 방식은 피해자의 고통을 그린 임철우의 단편 소설 〈붉은 방〉이 잘 보여준다. 이때 우리는 피해자를 지지하고 동일시한다. 그러나 그 동일시는 우리 자신이 가해자일수도 있다는 가능성을 상정하기 어렵게 만드는 사유 방식이다. 피해자 포지션이 정체성이 되어버리는 것이다. 정찬은 거꾸로 간다.

고문(拷問)의 사상, 예술가로서 고문자

소설가 정찬은 국어교육학을 전공하고 잠시 기자 생활을 하다가 지금은 대학에서 문예 창작을 가르치는 중견 작가다. 1995년 동인문학상 수상작이자 연극으로도 유명한《슬픔의 노래》는 한국 현대 소설의 수작이다. 내가 가지고 있는 그의 책은 대개가 장편인데도 30여 권(공저 포함)이 넘으니, 얼마나 많은 작품을 썼는지는 정확히 모른다. 아마도 그는 매일 매일 쓰는 것 같다. 그의 소설을 다 읽지도 못했고 모두 빼어난 것은 아니지만, 분명한 것은 문제의식 자체가 독특하고 어지러울 정도로 뛰어난 작품이 적지 않다는 것이다.

나는 그 연배의 한국 문단에서 어떻게 이런 독특한 남성 작가가 나올 수 있는지, 역시 인간의 경험은 구조를 넘어선다는 기쁜 진리를 확인한다. 정찬의 작품에는 한국 소설에 흔히 등장하는 외세 콤플렉스, 성애 묘사(여성에 대한 타자화)가 거의 없다. 자기 도취나 자의식도 없다. 그러나 그의 소설을 읽으면 잘난 척을 해서는 안 된다는 생각이 든다. 작품의 주제는 물론이고 문체와 행간의 밀도는 그의 노동을 짐작케 한다. 고개 숙이지 않을 수 없다. 초기에는 광주 항쟁을 집중적으로 다루었지만 나중에는 주로 언어, 권력, 몸, 구원을 테마로 한 작품을 많이 썼다. 문학 평론가 김현은 생전에 정찬이 이청준, 복거일, 최인훈의 뒤를 이을 작가라고 주목했다. 동료 문인이나 평론가들은 "독특한", "굉장한", "치열한" 작가라고 평가하지만, 대중적으로 많이 알려진 작가는 아니다. 하긴 IT가 신(神)을 대신한 이무지의 시대에, 무라카미 하루키조차 "SNS와 대적하겠다"는 시대에 정찬의 작품이 베스트셀러가 되기는 어려울 것이다.

〈얼음의 집〉은 일제 강점기 일본이 배출한 최고의 고문 기술자 하야시과 그의 유일한 후계자 재일 조선인의 이야기이다. 스승 하야시는 에도 시대 최하층 천민인 에타(穢多) 출신이고, 제자는 관동 대지진에서 살아남은 재일 조선인이라는 사실이 주제의 한 축을 이룬다. 주 내용은 스승과 제자가 주고받은 고문에 대한 사유다. 이 작품은 고문의 사상(思想)을 설파함으로써 인간이 권력과 맺는 관계를 탐구한다. 고문의 사상? 〈얼음의 집〉의 주인공은 고문의 쾌락, 권력자의 쾌락을 추구하지 않는다. 그것이 무엇을 의미하는지가 고문의 사상이다.

이 작품은 워낙 교직(交織)이 촘촘한 텍스트여서 어느 부분을 발췌해도 나의 오독일 가능성이 높지만, 이 글에 한정한 나의 주장은 아래 장면으로 요약할 수 있다.

고문의 목적은 죽음이 아니다. 정보의 획득과 정신의 해체와 파괴다. 이 해체와 파괴를 통해 체제의 정통성과 우월성을 지켜 나가는 것이다. 고문은 처형이 아니다. 고문자가 고문 대상자를 죽음에 이르게 한다면 그것은 조직의 명령과 규칙을 깨트리는 행위다. 그러므로 고문자는 고문 대상자의 죽음에 대한 저항력을 정확히 측정해야 한다. 이 저항력을 넘어서는 힘을 가하면 그는 죽어버린다. 저항력의 정확한 측정이야말로 고문 기술자에게 없어서는 안 될 소중하고 섬세한 능력이다. 그런데 고문자가 폭력의 쾌락에 갇혀버리면 저항력으로의 침범, 즉 죽임이 강렬한 힘으로 그를 유혹한다. 이 유혹은 너무나 뜨거워 자신이 고문자라는 사실조차 잊어버린다. 그 결과는 처형을 향한 질주다. 하지만 너와 나는(스승과 제자-필자), 이 세계에서 오직 너와 나는 이 쾌락에 갇히지 않는다. 쾌락의 유혹과 끊임없이 싸우면서, 일어서는 쾌락을 지우고 또 지운다. 그리하여 고문 대상자가 마침내 사물로 보일 때 너와 나는 이 세상에서 유일한 권력자가 되는 것이다. 권력의 운명에서 벗어난 유일한 권력자. 얼마나 장려한가. 운명의 가시가 없는 황홀한 불을 가진 인간의 모습이.*

생사여탈. 아니, 요즘 세상에 어떻게 생사가 삶과 죽음에 국한되겠는가. 먹고사는 일 자체가 생사여탈의 문제인 시대에 타인의 삶을 좌우할 수 있는 권력이 당신에게 있다. 죄의식 없이 사용할 수 있는 권력이다. 당신은 열 명에게 영향을 끼칠 수 있다. 그 과정에서 존경과 부와 쾌락을 느낄 수 있다면 몇 명쯤에서 멈출 수 있겠는가. 상대는 나쁜 사람이고, 상대를 죽일 수도 있고 죽여도 박수를 받을 수도 있다. 이런 권력의 유혹과 싸워

---

*《황금 사다리》, 정찬 지음, 자유포럼, 1999년, 158쪽.

이길 수 있겠는가. 권력이 선사하는 쾌락을 거부하는 정신력은 마치 갑자기 중독을 멈추는 경지, 단 한 번의 사랑에서 남녀 모두 사정(射精)을 하지 않을 절제, 평생 절실히 원했던 무엇인가를 포기하는 순간의 긴 시간과 같은 것이다.

이 결정을 좌우하는 주제는 나와 상대방에 대한 사유다. 이때 사유하지 않음이 폭력이라는 한나 아렌트의 말은 정확하다. 죽임의 유혹을 물리치는 확고한 사상, 상대방의 방어력을 판단할 수 있는 고도의 기술(art). 그렇다면 왜 이들이 장인, 예술가, 사상가가 아닌가? 나는 이제까지 하야시와 그 제자 같은 이들을 본 적이 없다. 작은 권력조차 남용(ab/use, 학대)하는 우리 이웃들을 보라. 나는 20여 년간 아내에 대한 폭력(violence against wives)을 공부하면서 '죽도록' 때릴 수 있는데 '죽기 직전에' 멈추는 남성을 보지 못했다. 맞는 사람의 상태를 살피는 구타자는 없다. 외부 개입 없이 폭력이 중단되는 유일한 순간은 가해자가 지치거나 귀찮아질 때다. 대부분의 인간은 주어진 권력을 끝까지, 남김없이, 다 쓴 뒤에도 한계를 잊은 채 자기 엔진이 탈 때까지 쓴다.

〈얼음의 집〉은 인간의 영원한 주제를 다루고 있기에 1992년도에 출간되었지만 지금도 여전히 유효하다. 권력을 다룰 윤리와 능력을 지닌 인간은 드물다. 권력을 동경하거나 무시하거나 겁내지도 않는 '세련된' 인간을 아는가? 나는 알지 못한다. 어쩌면 '인문학의 위기'는 무식한 데다 권력욕에 눈이 충혈된 채 이리저리 날뛰는 이들을 정면(正面)할 언어의 부재가 아닐까. 다른 사회와 비교할 때 지금 이곳의 월등한 우울과 자살률, 그리고 그 증가 속도를 생각해보라.

권력은 영향력이 아니라 책임감이다

삶의 모든 고통은 권력에서 온다. 물론 제일의 권력은 육체적 고통이다. 이 역시 사회적 차원의 문제지만 생로병사라는 다른 차원의 법이 있으므로 차치하자. 우리가 직접 개입할 수 있는 문제는 자원을 둘러싼 권력에서 일어나는 배제와 소외, 착취다.

인간이 사회 공동체를 이루고 사는 것은 개인이나 특정 집단이 권력을 독점하기 위해서가 아니라 고통을 분담하기 위해서라고 믿는다. 그러나 지금 글로벌 금융 자본주의의 '포스트 휴먼'들은 인류가 경험해보지 못한 세계로 진입했고, 지배 세력은 가시권에서조차 사라졌다. 한국인들의 희망은 국제 자본을 걸러줄 국가다. 당대에만 그런 것은 아니다. 역사상 민중은 언제나 선하지만 강력한 지도자를 갈망했다. 유능하지만 욕심 없는 사람을 원했다. 하지만 대개 선한 사람은 약하고, 강한 사람은 악하다. 심지어 악함과 강함이 구별되지 않는 세상이 되었다. 결국 권력은 뻔뻔하고 나쁜 사람의 손아귀에 들어가기 일쑤다. 어떤 착취자는 "봉사할 기회를 달라"고 울부짖는다.

하지만 나는 악화가 양화를 구축하는 것이 필연적이라고 생

각하지 않는다. 인간은 인간이 만든 세상을 일상에서부터 다시
만들 수 있다. 선한 권력자의 등장보다 선행되어야 할 것은 권
력의 재개념화다. 권력이 힘과 영향력과 통제력이 아니라 책임
감과 보살핌 노동이라면 지금처럼 사람들이 권력을 원하겠는
가. 이때 권력은 '귀찮은 노동'이다. 권력을 책임감이라고 생각
하는 사람들은 대개 자리를 고사한다. 책임감으로서 권력일 때
우리는 그것을 소명, 사명감이라고 부른다.

현대 사회의 권력은 '영향력 대 책임감'으로 이분화되지는 않
을 것이다. 판단하기 어려운 상황이 대부분일 수도 있다. 이제
'고문자(좋은 경찰)'와 '고문자(나쁜 경찰)'가 바톤 터치를 하는
시대가 아니라 '고문자'와 '피고문자'가 역할을 분담하는 시대
이다. 우리는 모두 이 상황의 참여자가 되었다. 이것이 새로운
일상이다. 대신 우리는 권력을 다룰 줄 알아야 한다. 그것은 빛
나고 날선 장도(長刀)에 흐르는 꿀을 빨아먹는 일과 같다. 조심
스럽게 먹어야 혀를 보존할 수 있다. 그러려면 사회와 자신을
알아야 한다. 이제 권력은 선악, 힘의 문제가 아니다. 우리는 모
두 권력의 행위자들(agents)이며, 정확한 사용(책임, 저항)을 통
해 권력의 개념을 변화시켜야 할 의무가 있다. 촛불 시위는 좋
은 권력자를 뽑는 과정이 아니라 우리 스스로 권력자가 되는
과정이었다. 그래야 피해자가 가해자가 되지 않으며 보이지 않
는 다양한 억압(계급, 젠더, 인종, 나이, 성 정체성, 국적, 건강 약
자……)을 드러낼 수 있다.

우리는 〈얼음의 집〉의 주인공처럼 권력을 정확히 사용하는 예술가를 만날 확률이 거의 없다. 우리 자신이 그렇게 되어야 한다. 정찬의 〈얼음의 집〉은 권력에서 비롯되는 다양한 고통의 백신이다. 고통의 시대에 어찌 백신이 필요하지 않겠는가.

고통을 나눌 수 없는
세상과 투쟁하기

고통은 나눌 수 있는가 _ 엄기호

나도 아프다? – 고통의 위치

이 글은 엄기호의 원 텍스트와 거의 무관한 내용임을 미리 밝혀 둔다. 다만, 나는 저자와 같은 주제로 대화할 기회를 얻은 것이다. 영화 〈완벽한 타인〉을 만든 이재규 감독의 TV 드라마 〈다모〉에는 명대사가 넘쳐났다. 그중 남자 주인공이 다친 여자 주인공을 치료하면서 하는 말 "아프냐…… 나도 아프다."에 여성 팬들은 열광했다. 여성들에게 이 대사는 판타지다. 비참하게 끝난 연애, 지겨운 결혼 생활, 헤어지지 못하는 나쁜 관계에서 남자(여자)들은 이렇게 말한다. "난 안 아픈데?", "넌 왜 맨날 아프냐?", "내가 더 아프거든!", "그걸 왜 나한테 말해?", "야, 니네 엄마 아프댄다."

나는 이런 반응을 비난하는 것이 아니다. 사람들이 멜로 드라마를 좋아하는 이유는 현실에 있다는 얘기다. 그런데 이 말을 다른 상황에 적용해보면 이상하다. 파트너가 아니라 자녀가 아플 때 부모가 "나도 아프다."고 말하는 경우는 드물다. "어디가 아프니? 엄마(아빠)가 어떻게 해줄까?"라며 이마의 열을 짚어보거나 상처를 살펴본다. "나도 아프다."가 아니라 대책을 마련한다. 동일시가 아니라 구체적인 도움을 주고자 한다. 연인들은 같이 아파서라도 한몸이 되고자 하는 열정이 넘쳐나지만(폭력 가정이 많다는 현실을 감안하면 일반화할 수는 없지만), 부모-자녀 관계에서는 보살핌이나 책임이 앞선다.

얼마 전 나는 《죽는 게 두렵지 않다면 거짓말이겠지만》, 《아침에는 죽음을 생각하는 것이 좋다》, 《죽고 싶지만 떡볶이는 먹고 싶어》 이 세 권의 책을 읽고 친구와 긴 통화를 했다. 그녀는 "난 죽는 거 웰컴이거든!", "난 24시간 죽음을 생각하거든!", "죽기 전에 떡볶이 먹는 사람도 있나!"라고 화를 냈다. 그녀는 13년 동안 우울증을 앓고 있다. 자신의 상태를 말기 암에 비유하는 것조차 분노할 만큼 하루하루를 사자(獅子)―그녀가 비유하는 삶―와 혈투를 벌이고 있다.

그녀의 몸의 일부는 지구에, 다른 일부는 우주에 있다. 살아 있는 죽음(living dead)이다. 그래서인지 그녀는 다른 이들과 달리, 우주에서 지구를 볼 수 있는 시각을 지니고 있다. 그녀에 따르면 이런 책들의 제목은 죽음에 대한 두려움을 인간 본성처럼 가정하는데 실제로는 병화와 안식으로서 죽음을 고대하는 이들이 많다는 것이다. 경쟁과 속도, 장애인이나 노인에 대한 혐오의 전제는 죽음에 대한 두려움이다. 육체의 고통, 이 고통이 영원하리라는 확신, 누구도 공감할 수 없는 통증, 일상과 인간관계를 유지하기 위해 필요한 단 한 가지는 거짓말……. 이런 삶을 오래 견딜 자는 없다.

이처럼 자신에겐 죽음만이 유일한 출구인데, 죽음이 선택 사항처럼 묘사된 책 제목을 보고 소외감을 느꼈다는 것이다. 내가 그녀의 고통을 안다고 할 수는 없다. 그러나 그렇게 총명하고 건강했던 그녀의 '이상한' 투병 생활을 지켜보면서 '그래, 차라리 죽어라.'라고 생각한 적은 있다.

나는 예전에 세월호 사건을 두고 "잊지 말자."라는 말이 누구의 관점인가에 대해 쓴 적이 있다. 이는 그 사고와 무관한 이들의 다짐이다. 유가족들은 잊으려야 잊을 수 없다. 당사자가 아닌 이에게는 망각이 필연이고, 당사자에겐 기억이 필연이다. "잊지 말자." 대신 유가족의 시각에서 다른 언어가 필요하다.

사례는 끝이 없다. 모든 언어가 그렇지만 특히 고통의 문제는 페미니스트들이 그토록 강조해 온 상황적 지식(situated knowledge)이어야만 한다. 맥락 없는 언어는 폭력이다. 소설가 박완서는 자신의 외아들이 사망했을 때 "작가로서 영감을 얻었으니 더 좋은 작품이 나오겠다."는 진심 어린 '위로'를 받았다. 어떻게 이런 말을? 기가 막히고 남의 일 같지만 우리도 (자신도 모르게) 이런 말을 일상적으로 주고받으며 산다. 내가 이런 말을 했을 때는 "잘 기억나지 않지만", 이런 이야기를 들었을 때는 권투 선수가 피가 멈추지 않는 부위를 맞은 것처럼 평생 잊히지 않는다.

몸의 통약 불가능성

말의 의미는 사전에 있지 않다. 말하는 사람과 듣는 사람의 관계에 있다. 고통의 모습은 고통의 위치, 연결 지점(location)에 따라 완전히 달라진다. 공감의 표현은 말하는 사람과 듣는 사람의 관계와 상황에 따라 달라지는데, 이 모든 것을 의식(consciousness)하기가 쉽지 않다. 긴장하지 않으면 안 되지만 지나친 긴장도 부담스럽다. 타인의 고통에 대해 들을 때 나를 포함한 인간의 주된 반응은 통념과 달리 놀라움과 당황스러움, 더 정확히는 의심과 비난이 더 많다. "정말?", "설마?", "농담하지 마."…… 이에 해당하는 단어들은 나열하기 어려울 정도다. 영어도 마찬가지다. 그래서 많은 경우 말하는 사람은 자신에 대한 방어 기제로 듣는 사람의 입장에서 그들을 위로한다. "제 말 듣고 놀라셨죠?(그런 당신을 이해합니다. 너무 놀라지는 말아주세요.)"

나는 인간과 사회의 '질'은 고통스러운 이야기를 들을 수 있는 마음과 지성의 용량(capacity)에 달려 있다고 생각한다. 모든 글에는 발신 주소(address)가 있지만, 특히 고통에 관한 글은 발화자가 명확하지 않으면 문제가 된다. 글쓴이의 위치성이 명확히 드러나지 않으면 남의 고통을 팔거나 나의 고통만 중요한 글이 된다. 고통의 공감 불가능성 때문이다. 물론 고통받은 당사자만이 쓸 수 있다는 의미는 아니다. 나의 고통은 내 몸 안에 있지만 '나'라는 자아는 내 몸 밖, 사회에 있기 때문이다. 고통에 대한 글쓰기가 어려운 이유가 이것이다. 이런 점에서 나는 아우슈비츠 생존자 프리모 레비의 고통을 상상하며 간혹 운다. 얼마나 외로웠을까. 그는 안쓰러울 만큼 오래 살았다. 오시비엥침(아우슈비츠의 폴란드 이름, 나치는 폴란드에서 유대인을 학살했다) 이후의 말하기와 쓰기는 그가 경험한 학살의 현장과 크게 달랐을까.

인간은 서로 연결되어 있지만 근본적으로는 각자의 몸이다. 이 모순, 아니 양면을 잊으면 안 된다. 이것은 고통의 문제를 다루는 데서 영원히 이슈이기 때문이다. 우리가 흔히 하는 말 "아무리 아파도 내 고통을 대신할 사람은 없다.", "인생은 혼자 왔다가 혼자 가는 길"……. 미국 정신의학자 어빈 얄롬은 이렇게 위로한다(그가 실존주의자라는 사실이 중요하다). "모든 이들은 혼자 태어나서 혼자 죽는다. 그러나 배에 혼자 타고 있더라도 다른 배들의 불빛을 가까이 할 수 있다면 한결 안심이 된다." 조금 다르게 쓰면 삶의 유일한 위안은 우리 모두 비록 깜깜하고 추운 밤바다를 혼자 표류하고 있지만, 반짝이는 등대를 바라보며 마음속으로나마 소통하고 있다는 데 있다. 그러나 신자유주의 시대는 이 등대마저 '민영화'했고, 모든 불을 꺼버렸다. 인간은 철저히 각자(各自)가 되어 좌충우돌하기 시작했다(다른 말로 하면 "IT, 4차 혁명의 시대가 열렸다"). 혼자라는 상황은 갑을 관계로 이동했다. 혼자임의 조건이 몹시 악화된 것이다.

일레인 스캐리는 그의 걸작 《고통받는 몸》에서 이 문제를 요약했다. "내가 고통스러워하는 것은 확신하는 행위며, 고통에 관해 듣는 것은 의심하는 일이다." 그렇다. 이제 겨우 한 가지가 '정리'되었다. 고통은 나눌 수 없다. 육체의 통약(通約) 불가능성 때문이다. 개인들, 몸들 간의 공통분모는 없다.

고통이라는 권력

삶은 생로병사로 이루어져 있으며 자연의 관점에서 볼 때 인간은 수많은 생물체 중 하나일 뿐이다. 그것도 다른 생명체를 파괴하는 악덕 생물체다. 근대 이후 인간은 자연의 통제에서 벗어났다는 환상을 품기 시작했다. 이러한 인간중심주의('휴머니즘')는 자연을 정복할 수 있다는 망상으로 발전했다.

자연의 관점에서 보면 인간의 삶은 의미가 없지만 사회적 인간으로서 우리는 의미 없이 살 수 없다. 삶의 의미를 추구하고, 고통의 원인을 찾을 수밖에 없다. "내게 왜 이런 일이?" 의미가 있다고 생각하면 고통이 상대화되기 때문이다. 고통을 통제하고 싶은 것이다. 원인을 알면 좀 나을 것 같지만 고통에 의미를 부여하는 것은 권력과 정치에 몸의 고통을 종속시키는 일이다. 고통받는 몸은 사회적 위계 속에 있기 때문이다. 고통의 의미를 자각하는 일은 곧 사회적 존재로서 투쟁의 시작이다. 그리고 이 것이 문명이다. 사회, 정치, 역사다. 힘있는 사람의 고통의 목소 리는 크고 이미 위대한 의미 체계가 정해져 있다. 미국인의 고 통과 북한인, 이라크 난민의 고통은 같은 고통이 아니다. '남성' 의 고통과 '여성'의 고통은 원인도 구조도 양태도 깊이도 다르 다. 20대 여성은 성차별의 사례로 성폭력과 강남역 살인 사건의 공포를 이야기하고, 20대 남성은 초등학교 때 '우유 당번'을 예 로 든다.

'만인에 대한 만인의 투쟁'은 고통의 의미를 둘러싼 투쟁이 다. 그리고 그 의미는 곧 물질적 배분('정치')과 관련된다. 하지 만 고통의 의미를 지나치게 추구하는 것은 고통을 참을 만한 것으로 만든다. "주님은 견딜 만한 고통만 주신다." 같은 담론 이 그것이다. 사상범에게 고문이 그런 것이고, 이는 인간의 위 대한 의지를 상징한다.

고통의 위력. 살아 있는 인간에게 가장 큰 권력은 고통이다. 아직까지 한국 사회에서 의사는 노동량에 비해 권위 있는 직업 이다(일본만 해도 그렇지 않다). 조선 시대 의원(醫員)들은 가을을 싫어했다고 한다. 가을이 되면 열리는 감(柿)이 만병통치약이라 환자 수가 줄었기 때문이다. 의사의 권력은 돈이나 지식이 아니 라 환자의 고통에서 나온다. 현대 의학, 건강보험 제도의 절대 권력은 인간이 질병을 피할 수 없는 데서 비롯된다.

고통은 사람을 변화시키는 '유일한' 원인이다. 우리가 두려워하는 것은 죽음보다 고통이다. 고통이나 고문이 예술의 주제로 빈번히 등장하는 이유다. 통증을 견딜 수 없을 정도가 되면 사람들은 "죽음을 달라"고 호소하거나 자살한다. 자살은 의지의 문제가 아니라 다른 질병과 마찬가지로 고통의 임계점에서 발생한다. 암 환자의 죽음이 의지 부족 때문이라고 생각하는 사람은 드물다. 차인표 주연의 영화 〈크로싱〉(2008년)은 반공 텍스트로 오해되어 많은 비판을 받았지만, 내가 보기엔 훨씬 풍부한 텍스트였다. 국경의 의미, 국민 국가와 국민의 단절, 특히 탈북자들의 고통…… 많은 것을 생각케 하는 영화이다. 이 영화에서 탈북 여성의 자살 장면이 약 10초 정도 나온다. 그녀는 이동 중에 아이를 잃는다. 그녀의 고통은 실성 상태에 이른다. 중국 공안을 보자마자 공격하여 그들에게 죽음을 청한다.

고통은 본인뿐만 아니라 주변도 아프게 한다. 어차피 나눌 수 없는 고통이다. 지금 나의 이 글도 고통을 나누고 싶은 마음이 간절할 경우에나 읽힐 것이다. 나는 나 자신을 포함해 아픔을 호소하는 사람에게 공감과 위로 대신 이렇게 말한다. "타인에게 이해를 구하지 마세요.", "안 아픈 사람을 배려하세요(아픈 사람이 주변에 있으면 안 아픈 사람은 피해 의식에 시달리기 쉽다).", "주문(呪文)으로 '감사합니다'를 반복하세요." 몸속의 고통을 밖으로 꺼내는 일―소리 내기―은 고통을 줄여준다. 대개 주

문이나 방언(放言, 타인이 듣기엔 아무 말이나 하는 것, 말의 발산)
은 신체화 증상(somatization)이라는 고통과 고통의 통각 사이
를 표현하는 말인데 효과가 있다. 이 책에서도 언급된다.

고통을 다루는 '첫 번째' 단계

고통을 다루는 첫 번째 단계는 의미 부여나 연대, 대안, 극복
이 아니다. 공감이나 위로, 곁에 있기도 아니다. 이는 이미 너무
나 단계를 건너뛴 '관계자 외'의 언설, 아니 불가능한 이야기들
이다. 연대나 공감의 어려움에 비해, 우리 사회에서 이 말처럼
남발되는 단어도 없을 것이다. 특히 진보 진영이나 사회 운동에
서 더욱 그럴 수밖에 없어서 안타까움을 더한다.

누가 어떤 고통을 겪고 있는가. 고통은 대부분 보이지 않는
세계에 있다. 비가시화 자체가 고통이기도 하다. 일단 그/그녀
가 누구든 아무나 말할 수 있어야 하지만, 자기 고통을 말하는
것은 어려운 일이다. 크게 두 가지 이유가 있다. 들어주는 이가
없고, 자신도 자기 고통을 모르기 때문이다. 글쓰기와 마찬가지
로 말하는 과정에서 깨닫게 되는 경우가 대부분이다. 지배 이데
올로기는 이를 "횡설수설", "울부짖음", "일관성이 없다(물론 일
관성이 있어도 문제다)", "거친 표현"이라고 한다. 대개 사람들은
'우아하고 쿨하고 무식한' 중산층 문화를 동경하기 때문에 고
통 표현을 자제한다.

다시 요약하면 사회가 고통을 다루는 첫 번째 단계는 말하기 인데, 이것은 실제로 이루어지기 어렵다. 언어가 없는 사람에게 는 국가보안법 같은 법적 검열이나 사회문화적 검열이 큰 의미 가 없다. 그보다 더 강력한 방벽이 있기 때문이다. 약자의 경험 은 강자의 시각에서 해석된다. 그리고 각성하기 전의 약자는 강 자의 시각에서 보이는 세상이 전부인 줄 알고 살다가 자신의 경 험, 노동, 고통, 시간을 지배자가 빼앗아 갔다는 사실을 깨닫는 순간 다른 삶의 영역에 들어서게 된다. 이후 삶은 이전과는 다 르다.

고통을 다루기 전에 우리는 다음의 세 가지 사실을 전제해야 한다. 1) 고통은 소통 불가능하고, 2) 그 자체로는 의미가 없으 며, 3) 피할 수 없는 인간의 조건이다. (이 글에서는 2번에 대해 상 세히 적지 못했다.)

고통이 있다. 그렇다면 누가 말해야 하는가? 말할 수 있는 가? 미투도 이런 영역의 대표적 문제다. 피해자(victim), 대변인 (advocacy), 운동가(activist), 연구자? 일단 피해는 정황이며, 피 해자는 정체성이 될 수 없다. 더구나 피해자/화(化)는 가장 탈 정치적이고 비윤리적이다. 이들은 모두 하나의 상황에 개입하 는 순간 당사자(actors)가 된다.

서벌턴(sub/altern). 굳이 번역하면 '민초', '하위 계층'이다. 서벌턴은 지배 계급의 (동어 반복이지만 이데올로기적) 헤게모니 에 종속되어 있기 때문에 그들의 말도 완전히 투명한 것은 아니다. 알려졌다시피 이것이 탈식민주의 비평가 가야트리 스피박의 유명한 문제 제기였다. "하위 주체는 말할 수 있는가(Can subaltern speak)?"는 서벌턴은 말할 수 '있다/없다'거나 '그들은 정치적 주체가 될 수 있다/없다'는 이슈가 아니다. 언어의 불투명성, 이중성, 맥락성에 대한 논의이다(한국 사회의 일부 유명 학자들 사이에서는 정반대로 해석되었다).

스피박은 자크 데리다의 《그라마톨로지》를 영어로 번역해 서구 학계에 석학으로 등장했다. 말할 것도 없이 데리다는 언어에 대해 가장 의심이 많은 현대 철학자였다. 그가 언어의 의미가 끊임없이 유예될 가능성을 공시적(空時的) 표현인 차연(差延) 혹은 차이(差移, 진태원의 번역)로 제안한 것은 언어의 불안정성, 불완전성, 새로운 언어를 주장하는 페미니즘과 페미니즘의 영향을 받은 탈식민주의 사상에 중요한 참조점이 되었다. 소수자를 포함해 그 누구의 언어도 투명하지 않다. 따라서 말하려는 자는 끊임없이 자기 언어를 의심하고 새로운 언어를 만들어 가야 한다.

개인적으로 나는 '지식인은 정의할 수 없다'고 생각하는 사람이지만, 굳이 한정하자면 지식인이란 자신이 무엇을 알고 무엇을 모르는지를 아는 사람이다. 그러나 이 자체가 불가능하다. 자신이 모르는 것을 어떻게 안단 말인가. 게다가 지금은 매체의 시대다. 사람들은 매체를 통해 자신의 몸을 확장(extension)하고 있다. 신자유주의라는 구조가 개인의 이동 가능성을 완벽하게 장악하고 차단한 시대다. 한편 '각자 알아서'의 시대에는 개인의 역량을 발휘하기를 독려받는다. 1인 매체의 시대에 하루 몇억을 버는 유튜버, 파워 블로거, 페이스북 스타들의 자기 만능감, 나르시시즘은 이루 말할 수 없다. "하면 된다"에서 "해도 된다"로 패러다임이 이동했고, 순수한 나는 존재하지 않으며, 우리는 모두 종속적 주체(subject)가 되었다. 이런 시대에 윤리와 지식에 대한 규범을 설파하는 '짓'은 '설명충'의 발버둥일 뿐이다.

지금, 이곳, 한국 사회

나는 당대 한국 사회를 움직이는 원리는 다음 두 가지라고 생각한다. 90퍼센트의 사람들은 자신감이 없고 우울하다. 10퍼센트의 사람들은 근자감과 조증(질병이 아니라 인성의 차원) 기운이 넘친다. 자신감이 물리력, 폭력, 권력인 시대다. 한마디로 '정신 승리자'가 그렇지 않은 사람을 통치한다. 누가 더 뻔뻔한가가 그나마 적은 기회를 차지하는 변수가 되었다. 계층 구조가 완전히 결정된 시대에는, 즉 각자도생의 시대에는 개인의 역량이 최대한 강조된다. 어차피 구조는 어찌할 수 없으므로 '더러운 성질(캐릭터)'이 권력의 원리가 된다. 심리는 정치와 같이 간다.

지당하신 말씀밖에 할 줄 모르는 이들은 90퍼센트에게 "자신감을 가져라", "힘을 내라", "희망을 갖자"고 말하지만, 이는 젊은이들이 가장 듣기 싫어하는 말이다. "자신감만 가지면, 취직이 됩니까?", "힘을 내라? 그런 말 말고요, 실질적인 힘(돈)을 달라고요."라고 말한다. 그렇다고 이들이 실력도 없고 불성실하면서 얼굴에 철판을 깐 뻔뻔한 사람이 되는 것을 원하는 것도 아니다. 철면피가 되는 것도 엄청난 체력, 욕망의 엔진, 사람을 속일 수 있는 '머리'가 필요한 엄청 피곤한 일이다.

한편 다매체 시대, 모두가 작가인 시대에는 두 종류의 '작가'가 있다. 인간은 모두 잠재적, 실제적 소수자/약자/난민(글자 그대로, 상황이 어려운 사람)이 될 가능성이 있다. '미국 대통령'도 늙고 병든다. 우리는 자신을 바라보지 않거나 바라보지 못한다. 모두가 자신이 기준인 '주체(the one)'이고, 자신을 제외한 타인은 '나머지(the others, 타자)'들이다. '주체'들 중 90퍼센트는 약자를 혐오하고 10퍼센트는 동정한다. 후자는 착한 사람 혹은 진보로 간주된다. 물론 두 경우 모두 문제다. 하지만 후자가 더 문제다. 두 그룹은 모두 나는 소수자가 아니라는 공주병/왕자병을 공유한다. '일베'로 대표되는 이들은 혐오 놀이를 한다. 착한 진보이고 싶은 이들은 "나는 소수자가 아니지만(즉 소수자와 소수자 아님은 내가 정하지만) 소수자를 존중하며, 그들은 내게 배움을 준다. 그들에게서 깨닫는 나는 얼마나 훌륭한가." 혹은 "나는 그들을 돕고 있고 그들에 대해 쓰고 있다."며 자기도취와 셀럽 문화를 선도하고 있다.

유명해지기 위해 무슨 짓을 못하랴. 누가 그런 사람이냐고? 실명 비판을 하라고? 나는 그들을 비판한 적이 있다. 그런데 그/그녀는 내가 비판하는 사람이 자신인지 모르고 있었다. 자신을 아는 것은 가장 어려운 일이다. 신자유주의의 자아 개념은 사회성이 없다. 타인과 사회와의 관계가 아니라 자신이 자신을 규정하고 조작하는 것이 가능한 물적 기반(예를 들어 SNS……)이 민주주의든 과학 기술이든 진보의 이름으로 우리 몸의 일부가 되었기 때문이다. 전통적인 심리학에서 가장 위험한 심리를 두 가지로 본다. 하나는 나르시시즘이고 다른 하나는 투사(남의 탓으로 돌리는 폭력)다. 지금 우리 사회에는 나르시시스트가 10퍼센트, 타인에게 폭력적인 사람들(갑질 행위자)이 90퍼센트다.

전작(前作)을 기대하며

엄기호의 《고통은 나눌 수 있는가》를 읽는다. 서평과 인터뷰도 보았다. 대체로 "좋은 필자의 좋은 글"이라는 평이고, 나 역시 동의한다. 하지만 서평의 내용들이 크게 다르지 않은 이유는 무엇일까. 무슨 검열이 작동했는지 저자는 자기 의견을 충분히 펼치지 못한 듯하고 서평들은 피상적이다.

이 책은 중요한 책이다. 한국 사회처럼 폭력과 고통이 넘쳐나는 곳에서, 고통에 대한 사유를 시도했다는 점에서 중요하다. 이 책에는 최소한 다섯 권의 책이 따로 나와야 할 정도로 논쟁적인 이슈가 행간에 가득하다. 나는 한국 사회에 엄기호 같은 필자가 다섯 명만 있어도 변화가 있으리라 생각한다.

이 책의 부제는 '고통과 함께함에 대한 성찰'이다. 나는 성찰이라는 단어를 좋아하지 않는다. 단어 자체가 남발되는 것도 문제지만 '아름다운 다짐'으로 읽히는 어감이 강하기 때문이다. 영어 'reflexive'의 번역어인 성찰(省察)은 자기 자신에게로 돌아온다는 뜻이다. 반성(反省)이 아니다. 자신에게로 끊임없이 되돌아옴(그리고 다시 출발), 재귀(再歸)의 연속을 말한다. 영어의 '~self'로 끝나는 '재귀대명사'의 '재귀'가 그것이다. 재귀가 반복될 때 우리는 인생무상(人生無常)의 상태를 산다. 즉 삶은 항상적인 상태가 없다(無常). 언제나 갱신 중이라는 의미다.

이 책이 '착한 다짐' 이상으로 읽히기 위해서는 프리퀼이 필요하다고 생각한다. 고통을 나눌 수 있으려면 나눌 수 없게 만드는 글쓰기에 대한 비판이 선행되어야 한다. 그 첫째가 나르시시스트들에 대한 비판이다. 무엇이 윤리이고 윤리가 아닌지, 자신을 중심으로 하는 타자화가 진보의 이름으로 행해지는 글쓰기에 대한 비판이 먼저다. 《고통은 나눌 수 있는가》에는 고통받는 사람밖에 없어 보인다. 그들의 존재와 고통에 대한 해석은 부차적이다. 예를 들어 이 책에 등장하는 사회 운동가/연구자와 피해자/피해 지역과의 관계, 한 가지만 정면으로 다루어도 고통에 대한 글쓰기의 새로운 방법론이 될 것이다. 고통에 대한 사유를 위해 필요한 것은 무엇인가. 고통 자체가 성장은 아니다. 이 질문이 선행되기 전까지 이 책은 제대로 이해될 수 없다고 생각한다.

2장

우리에겐
불편한 언어가 필요하다

자기 경험을 믿지 못하는 여성들

그 일은 전혀 사소하지 않습니다 _ 한국여성의전화

남자들은 여자가 자기를 무시할까 봐 두려워하지만, 여자들은
남자가 자기를 죽일까 봐 두려워한다. ― 마거릿 애트우드

"남편이 아내를 때린다. 그런데도 계속 산다? 있을 수 없는
일이고, 있더라도 극소수겠지. 생각만 해도 이상한 이야기다."
내가 20대에 여성의전화에서 가정 폭력 피해 여성을 만나기 전
까지 간혹 했던 생각이다. 다른 이들의 생각도 크게 다르지 않
으리라. 나는 대학을 졸업하자마자 우연히, 일시적으로 여성의
전화에 취직했다. 여성 문제 같은 '사소한' 일을 평생 할 생각은
없었다.

그러나 인생 계획이 바뀌고 '페미니스트'가 되는 데는 일주일
도 걸리지 않았다. 너무나 충격이 컸다. 가정 폭력이라는 현상
자체도 충격이었지만 나의 무지에 대한 충격이 더 컸다. 나는

나한테 상처받았다. 일단 우리 집이 폭력 가정이었다. 물리적 폭력이 없었을 뿐이다. 기억은 줄줄이 올라왔다. 나는 여학생이 9퍼센트에 불과한 남녀공학 대학에 다니면서 세 차례 각기 다른 남학생에게 구타당한 일이 있다. (이런 말도 이상하지만) 지금 생각해도 나는 아무 잘못도 없었고 왜 맞았는지 이유를 모르겠다.

여성학 시간 강사 시절 학생들에게 가정 폭력을 가르치면 그 실태에 모두들 놀랐다. 그러나 가족사 리포트를 제출하라고 하면 언제나 절반 정도의 학생은 "실은 저희 집이 폭력 가정이에요."라고 써 왔다. 수업 시간의 반응과 자기 현실. 이 괴리는 무엇인가. 그저 잊고 싶은 것인가. 아니면 놀란 척해야 우리 집은 '그런 집'이 아니게 되는가.

경험은 겪은 것이 아니다. 선택적인 기억이다. 경험은 철저히 정치적인 것이다. 무엇을 잊고, 무엇을 의미화하는가, 내가 겪은 일은 어떤 것인가. 경험은 저절로 기억되지 않는다. 자신의 경험을 인식할 수 있는 시각이 생길 때 비로소 '떠오르고' 인지되고 해석된다. 남성 중심 사회에서 여성에게는 자기 경험을 바로 볼 수 있는 렌즈가 주어지지 않는다. 남성의 언어가 여성의 삶을 규정하는 사회에서 여성들은 자기 경험을 믿지 못한다. 자기가 겪은 일을 남 이야기하듯 말한다. 나도 그랬다. 가부장제는 모든 인간을 '인간답게' 살지 못하게 한다. 가해 남성들과 상담을 하다 보면 자기가 저지른 일을 남의 얘기처럼 말하며 피해 여성을 비웃거나 자신과 같은 가해 남성 '동료'를 비난하기도 한다. 어떤 여성들은 자신이 겪은 폭력이 훨씬 심각한데도 '덜 맞은' 여성들을 보며 놀라고 걱정한다. 경험, 몸, 인식의 분리 속에서 우리는 생각하는 능력을 상실했다.

이 책에 실린 글을 읽고 믿어지지 않는다면 나는 '정상'이라고 본다. 피해 여성을 상담하고, 공부하고, 책을 쓴 나도 믿어지지 않는다. 이것은 일상의 홀로코스트다. 여기 실린 생존 여성들의 글을 유심히 읽다가 문장과 문장 사이가 떠 있음을 깨닫는 독자가 있을 것이다. 쉽게 말하면 "연결이 안 된다"고 말할 수 있다. 그래서 글이 '비논리적'으로 보인다. 이런 문장은 현실이 믿어지지 않는 데 일조한다.

왜일까. 내 해석은 이렇다. 녹취록처럼 가해 남성의 행동을 상세히 묘사해도 문장들 사이가 연결(chain)되지 않고 '뭔가 말이 안 된다'. 그것은 남성들의 행동이 정말 그렇기 때문이다. 아무리 그들을 이해하려고 해도 도무지 왜 저러는지 이해할 수가 없다. 그러나 우리의 고민은 여기서 끝나야 한다. 왜 때리는가? 이런 질문이 바로 폭력이다. 그들을 이해할 필요가 없다. 그들은 때릴 수 있으니 때리는 것뿐이다("They do because they can"). 단지 그뿐이다. 대신 우리가 질문해야 할 것은 이것이다. 왜 사회는 여성의 경험을 믿지 않는가? 왜 국가는 이 문제를 사소하게 다루는가? 왜 우리는 언제나 이 문제가 "사소하지 않다"고 외쳐야 하는가?

2016년 5월 17일 한국 사회는 강남역 사건으로 들썩였다. 나는 그 사건에 놀라는 사람들에게 놀랐다. 전문가들은 매일 십여 명의 여성들이 배우자의 폭력 때문에 사망하고 성산업에서 일하는 도중 사망한다고 추정한다. 페미사이드(femi/cide). 가부장제 사회는 여성 살해를 용인하고 방관하는 시스템이다. 과실 치사, 사고사, 자살의 이름으로.

이 책의 제목을 정할 때 토론을 많이 했다. 나의 개인적인 의견은 '여성 살해의 현장에서 탈출한 여성들'이었다. 그런데 많은 이들이 '그 일은 사소하지 않습니다' 같은 종류의 제목을 선호했다. 비판할 의도는 없다. 다만 나는 이 과정을 통해 우리 내부의 사고방식을 점검해보자고 제안하고 싶다. '대중성'을 떠나 왜 여성이 겪는 문제에는 꼭 '사소' 여부가 들어가는가. 왜 그 말에 그토록 집착하는가. 남성 문화는 가정 안에서의 폭력이 사소하다고 한다. 그렇다고 해서 그에 대한 대응('re'action)이 꼭 "아니에요, 사소하지 않아요."여야 할까?

장애인, 이주 노동자, 동성애자 '문제', 심지어 저출산도 무관심할지언정 사소하다고 말하는 사람은 없다. '여성'이 맞고 강간당하고 죽으니까 '사소'한 것이다. 사소하지 않다는 말에는 이미 사소하다는 인식이 포함되어 있다. 당신들이 생각하는 것보다 그렇지 않다는 얘기다. 사소하지 않다는 것이 곧 중대하다는 뜻은 아니다. 아예 '사소'라는 말의 궤도를 벗어나야 한다.

강남역 사건을 우연이라고 말하는 남성은 있어도 '사소하다'

고 말하는 이는 없다. 그런데 왜 가정 폭력은 사소하지 않다고 항변하는가. 여성이 모르는 남성에게 집 밖에서 죽으면 충격적인 사건이고, 집에서 남편에게 지속적으로 맞으면 사소한 일인가. 모든 여성에 대한 폭력(violence against women)의 원인은 여성의 몸에 대한 남성의 통제다. 그 통제의 장소가 집 밖이면 사회적 충격이고, 집 안이면 사소하다고 인식하는 것이다.

장소(sphere)는 중요하다. 사회는 남성 개인이 통제할 수 있는 장소인 집 안에서의 폭력을 관용한다. 하지만 공권력이 영향력을 행사하는 길거리에서 일어난 살인은 문제적이다. 남성 권력의 무능력을 보여주기 때문이다. 그래서 여성의 인권보다 '어디서 죽었는가'가 중요한 이슈가 된다. 남성에게 집과 술집은 모두 사적인 영역이다. 성산업에 종사하는 여성의 죽음은 그 중간쯤에 있다. 길거리는 남성만의 공기(公器)이고 남성만의 공간이다.

동성애 인권 운동가들은 이성애 제도를 이렇게 비유하곤 한다. "늑대는 늑대끼리 섹스하고 여우는 여우끼리 섹스해야 맞지 않나요? 늑대랑 여우랑 섹스하다니, 너무 징그러워요. 그건 자연의 법칙에 어긋납니다. 맙소사, 게다가 여우랑 늑대가 섹스해서 낳은 아이가 토끼라고요? 그거 완전 변태 아닙니까? 가장 이상한 것은 늑대, 여우, 토끼가 함께 사는 곳이 '비둘기 집'이라는 사실입니다."

나는 이렇게 생각한다. 늑대, 여우, 토끼가 한집에 사는 것이

가능할까? 늑대가 여우를 때리지 않을까? 늑대가 토끼를 잡아 먹지 않을까? 먹이 사슬에서 포식자와 피식자가 같이 살 수 있는가? 이처럼 근대 핵가족은 성별과 연령이 교차하는 위계적 제도다. 가정 폭력은 근대 이전에도 빈번한 문화였지만 늑대, 여우, 토끼처럼 서로 덩치 차이가 크고 힘이 다른 이들이 함께 사는 곳에서 폭력은 필연일지도 모른다. 문제는 구조다.

쉼터(shelter house)는 완전히 다른 공간이다. 쉬는 곳이라기보다는 긴급 피난처. 미셸 푸코는 군대, 감옥, 병원이 훈육의 공간이라고 했지만 여성의 경험은 다르다. 집에서 전쟁을 치르는 여성에게 감옥은 방공호일 수 있다. 동네마다 쉼터(방공호)와 여성 자경단이 있어야 한다. 왜 쉼터를 찾아 서울까지 와야하는가. 쉼터는 '자기만의 방'이자 고통을 함께 해석하고 위로하는 공동체다. 그곳은 언어가 다른 세계다. 다른 국민이 사는 네이션(국가)이다.

내가 여성의전화에서 일하던 시절 어떤 가해 남편이 단체 상근자들을 인신 매매범으로 고발한 적이 있다. 우리가 피해 여성을 가두고 노동을 착취할 뿐 아니라 당시 유행했던 괴담처럼 "새우잡이 통통배에 여성들을 팔아넘겼다."는 것이다. 상근자들은 경찰 조사를 받고 풀려났다. 구타 남편은 그렇다 치고, 남자의 말을 믿고 사무실에 출동한 경찰은 뭐하는 사람인가. 그런 영화 같은 시절은 지나가고 쉼터가 만들어진 지 30년이 되었다.

지난 30년 동안 남성 중심 사회에서 이 공간을 위해 노력한 수많은 여성들을 존경한다. 우리는 '노벨 평화상'을 받을 자격이 있다. 우리는 살아남았다. 이 책에 실린 글은 살아남은 이들의 궤적이고, 우리가 살아갈 방향이다.

저출산의 간단한 이유,
노동하지 않는 남성

아내 가뭄 _ 애너벨 크랩

"여성주의에 대해 알고 싶은데 어떤 책이 좋을까요?"라고 묻는 이들에게 앨리 러셀 혹실드의 책을 가장 많이 권했었다. 엄청나게 잘못 번역한 제목이긴 하지만 혹실드의《돈 잘 버는 여자 밥 잘 하는 남자》를 읽는 것은 '인간의 조건'의 시작이다. 이책의 원제 'The Second Shift'는 '2교대'라는 뜻으로 여성의 이중 노동을 가리킨다. 그러나 앞으로는《아내 가뭄》이 이 책의지위(?)를 대체할 것 같다. 솔직히 내가 평생 동안 단 한 권의책을 쓴다면 바로 이런 책을 내고 싶었다. 시도도 했고 어느 정도 분량의 원고도 있다. 하지만 쓸 때마다 분노와 흥분을 주체할 수 없었다. 개인적인 사연이지만 나는 아직도 어머니가 돌아가신 원인이, 아버지와 남동생의 가사(家事)에 대한 완벽하고도천재적인 게으름, 더러움, 무신경에 있다고 생각한다.

사회 구조가 전혀 다른 나라에 사는 저자의 삶의 조건이 어쩌면 그렇게 나와 비슷한지⋯⋯. 갑자기 가부장제는 몰(沒)역사적인 인간 본성이 아닐까 하는, 평소 주장과는 정반대의 망상에 빠지기도 했다. 인간이란 무엇인가를 질문하게 하는 이 책의 기가 막힌 사례와 통계는 여기 옮기지 않으련다. 일단 이 책은 재미있다. 금세 읽었다. 읽기의 즐거움과 깊이 있는 분석을 동시에 갖춘 여성주의 텍스트는 의외로 드물다. 두 가지만 적겠다.

"1936년부터 2010년 사이에 미국 아카데미 여우 주연상 후보에 오른 배우들 중, 당시 기혼 혹은 사실혼 관계에 있던 여성 265명 중 60퍼센트가 이혼했다." 남자 배우라면 그랬을까? 여전히 여성의 '성공'은 곧 이혼인 것이다. 그것도 2000년대 미국에서!

또 한 가지. "여성은 남성보다 (취업 여부에 상관없이) 집안일을 훨씬 많이 한다. 세계 어디서나 마찬가지다. OECD 회원국 전체의 평균을 냈을 때, 남자는 하루 141분 집안일을 하고 여자는 273분을 일한다. 거의 두 배에 달하는 시간이다." 대한민국은 여섯 배 이상이라는 사실만 언급하고 넘어가겠다.

이 책의 요지는 호주 중산층 가족이 가사 노동을 둘러싸고 벌인 남성과 여성의 전쟁(gender war)과 그 전황 보고다. 저자는 이를 단순한 '여성 문제'가 아니라 자본주의 자체의 폭주와 노동 시장 저변의 근본적 변화로 분석한다. 우리는 이미 망했는지 모르지만, 위기에 직면한 인류가 '살아남기(staying alive)' 위해 필요한 노동과 가정의 새로운 패러다임을 제안한다.

호주의 예는 아니지만 일본의 경우 일자리 문제를 '전업(專業) 노동에 반대한다'는 취지에서 해결하려는 노동 운동이 전개되고 있다. 전문화(專門化)는 실업과 경쟁을 가져올 뿐이라는 것이다. 의사를 비롯한 몇몇 직종을 제외하고, 파트타임(화초에 물 주기, 컴퓨터 수리, 커피 콩 고르기 등) 직장 세 개 정도로만 생계를 유지하고, 나머지 시간은 지역 사회 봉사, 취미 활동, 문화 활동, 공정 여행으로 인생을 즐기자는 것이다. (한국의 정규직 중심 노동 운동과 비교해보라!) 이는 당연히 젠더 문제, 파트타임('비정규직') 노동에 대한 인식과 연결된다. 저자의 표현을 빌리면 "우리는 일터에서 누가 승자이고 누가 패자인지에만 관심을 보일 뿐, 가정과 일터를 연계시키지 않는다." 물론 이 책의 주장이 처음은 아니다. 또한 뒤에 쓰겠지만 한국 사회에 맞는 또 다른 분석이 필요하다. 나는 이 책이 글쓰기 교재로서도 훌륭하고 생각한다. 글쓰기가 생각의 표현이라면 좋은 글은 독창적이고 정의로운 아이디어가 잘 조화된, 조각된, 펼쳐진 글이다.

알다시피 자본주의(산업혁명, 근대화, 식민주의……)는 수천 년 인류의 삶을 근본적으로 변화시켰다. 우리가 알고 있는 대부분의 지식은 근대 이후에 만들어진 것이다. 자신의 앎을 상대화하는 것이 이 시대 가장 중요한 지식 혁명이다. 그러나 남녀에 대한 통념은 완고하다 못해 자연의 질서처럼 인식되고 있다. '남성 생계 부양자'가 대표적 개념이다. 이 말 자체가 생긴 지 얼마

되지 않았다. 남성은 생계를 책임지고 여성은 가정을 책임진다? 그런 가정은 거의 없다.

여성은 공/사, 양쪽 영역에서 일한다. 당연히 대부분의 여성들은 이중 노동으로 고통받고 있다. 아마 '박근혜' 씨는 몰라도 힐러리 클린턴조차 한평생을 자기 외 다른 사람의 세끼 식사 걱정에 많은 시간을 할애할 뿐 아니라 강박에 시달린다. 인류의 절반이 사람으로 태어나 남의 밥 걱정을 하며 인생의 대부분을 보낸다? 이것이 문명 사회인가? 클래식 음악의 역사도 겨우 4백 년 되었다. 현대 자본주의 사회의 공/사 영역 구별과 그 성별화(남성은 '바깥일', 여성은 '집안일'과 '바깥일' 둘 다 하는 것)는 2백 년도 안 된 일이다. 저자의 주장대로 "사람은 여러 가지 생각을 통해 규정되고 만들어진다. 그러나 그런 생각이 고정불변일 필요는 없다."

이 책은 사회 변화와 젠더의 관계에 대한 뛰어난 분석이기도 한데, 사회가 만들어지는 원리로서 젠더의 중요성을 잘 보여준다. 지난 19, 20세기는 혁명의 시대, 극단의 시대였다. 그러나 사회 변화의 근본적인 전제, 가장 기본적인 동력, 가장 발본적인 요인은 젠더 불평등과 여성의 노동이다. 또한 동시에 젠더(gender, 성별 제도)는 그 자체로 모든 혁명과 관련되어 있다. 일단 과학 기술의 발달을 보자. 콘돔과 안전한 낙태술은 여성에게 출산 통제를 가능하게 했다. 비록 남성이 콘돔 착용을 거부하더라도 최소한 지금 여성들은 열 명 내외의 아이를 낳지 않아도 된다. 세탁기의 발명은 인터넷의 등장보다 여성의 삶을 훨씬 더 변화시켰다.

급진주의 페미니즘의 살아 있는 전설 샬럿 번치는 아내 폭력이 그 심각성에도 불구하고 해결되지 않는 이유가 역설적으로 "여자가 가정에서 구타당하는 것을 너무 당연(하게 생각)하기 때문"이라고 말한 바 있다. 아내 폭력처럼 가사 노동과 육아를 여성의 일로 간주하는 사고가 거의 '진리'처럼 통용되고 있다. 문제는 가정 폭력과 가사 노동에 대한 사회의 인식이 사태의 심각성에 비해 너무나 낮고 무지하다는 것이다. '집 밖의 변화 속도와 집 안의 변화 속도의 차이'가 이만큼 큰 사회 문제가 또 있을까?

가사 노동, 여성의 노동 이슈가 내 인생을 갉아먹으면서 동시에 지금의 나를 형성했기 때문에 많은 고민을 하지 않을 수 없었다. 저자는 동성 커플의 문제를 특화해서 다루지 않는다. 이유는 나와 다르다. 나는 이 '아내'라는 노동자의 존재가, 성별 이슈로 다루어질 때 더 해결이 어렵다고 본다. 우리 사회에서 가사 노동 문제가 언급되는 방식은 "사랑하니까 해준다"에서 "도와준다"로 '겨우' 이동 중이다.

그러나 어떤 관계든 간에 두 사람 이상이 모이면 노동이 발생하기 마련이다. 그냥 인간사다. 공적 영역에서는 그러한 노동이 위계화, 분업화, 분담화되어 있다. 우리는 그것을 계급 문제라고 부른다. 그러나 '집에서' 이루어지는 모든 재생산 노동(육아)과 의식주 생활은 몸이 불편한 사람이 아닌 한 각자가 해결해야 한다. 남성이든 여성이든 상관없다. 자기가 먹은 밥그릇은 자기가 치우는 것이다. 자기가 입은 옷은 자기가 빨래하는 것이다. 노동을 하지 않는 사람은 '인간(개인) 미달'이다. 그러므로 '주부'나 '아내'는 정체성도, 직업도, 지위도 될 수 없다. '아내 가뭄'은 모두에게 아내가 필요하다는 이야기처럼 들리지만, 반대로 어느 누구도 '아내를 가질' 특권은 없다는 뜻이다.

이 책과 관련하여 한국 사회의 상황을 간단히 살펴보자. 일과 가정의 양립? 이미 많은 여성들이 비혼, 비출산을 선택하고 있다. 아이를 낳지 않는 가장 큰 이유는 남성이 육아와 가사 노동을 절대로, 죽어도 하지 않는다는 것을 알기 때문이다. 저출산은 아이를 낳지 않아 발생하는 것이 아니다. 결혼을 하지 않아서 발생하는 것이다(기혼 부부의 출산율은 1.9명으로 두 명에 육박한다). 한국에는 결혼한 여성을 위한 인프라와 사회적 존중 문화가 전무하다. 이제 여성들은 국가, 사회, 남성 개인의 변화를 기대하지 않는다. 대신 여성들은 진화생물학적 관점에서 아이를 낳지 않음으로써 사회와 자신을 구하고 있다. 그러므로 저출산은 절대 '해결'되지 않을 것이다.

지금 한국 남성들은 '조선 중기' 시대를 살고 있다. 남성들의 문화 지체 현상이 지속되는 한 결혼도 출산도 없다. 1인 가구 비율이 40퍼센트가 넘는 시대다. 한국 사회의 극심한 성차별도 문제지만, 내가 더 우려하는 지점은 성차별 현상에 대한 남성과 여성의 '인식 차이'다. 절실한 사람이 해결책을 모색하기 마련이다. 이 책은 여성들의 지지를 받을 수밖에 없다. 그러나 기본적인 교양을 갖추고 싶은 남성이라면 읽기를 권한다. 사회 정의가 가장 실현되지 않는 분야에 관심이 있는 남성도 읽기를 권한다. 아, 얼마 전 모 지역 평생학습관에서 만난 어느 남성 수강생에게도 권한다. 그는 '노총각'이라는 표현도 못 참을 정도로 자신에 대한 자부심이 강한 듯했다. 그런 그가 내 강의를 신청한 이유는 "장가를 가고 싶은데 뜻대로 되지 않아서 일단 여자를 알아야겠다."는 생각에서였다.

물론 여성주의가 여성에 관한, '결혼과 연애를 위한' 지식은 아니다. 여성주의는 남녀 모두에게 자신과 사회를 알 수 있게 큰 도움을 준다. 인간성과 정치 의식의 가장 정확한 바로미터는 '집안일'에 대한 관점과 실천이다.

'오지 않을 그날'까지 필요한 책

여성성의 신화 _ 베티 프리던

20세기에 출간된 책 중에서 시몬 드 보부아르의 《제2의 성》과 베티 프리던의 《여성성의 신화》만큼 찬사와 논쟁의 대상이 된 텍스트도 드물 것이다.

특히 《여성성의 신화》는 이론 자체에서 여전히 내파와 여진, 확장과 변태(變態)를 거듭하고 있는 자유주의 사상의 특징을 잘 보여준다는 점에서 영원한 필독서라고 할 수 있다. 지금 우리가 알고 있는 근대의 거의 모든 지식 체계가 자유주의의 자장(磁場)에서 자유롭지 않기 때문이다. 다시 말해 오늘날 이 책을 읽지 않으면 남녀를 불문하고 자신과 사회, 자본주의와 신자유주의를 이해할 수 없다.

공적 영역에서 양성 평등을 주장하는 자유주의 페미니즘의 고전인 《여성성의 신화》가 불러일으킨 논쟁은 당대에도 지속되고 있다. 남성과 같아지는 것이 여성주의인가? 평등은 같음

(sameness)인가, 공정함(fairness)인가? 남성, 사회, 국가가 변화하지 않는 한 양성 평등은 결국 여성의 이중, 삼중의 노동을 뜻하는 게 아닌가? 평등의 기준이 남성적 가치라면 이성(reason)과 독립성(autonomy)만이 인간의 조건인가? 프리던이 말하는 여성은 '어떤' 여성인가? 백인, 중산층, 이성애자가 아닌가? …… 논쟁은 끝이 없다.

《여성성의 신화》의 역사적 의미는 크게 두 가지로 볼 수 있다. 하나는 앞에서 말한 논쟁 그 자체이고, 또 하나는 자유주의 혹은 자유주의 페미니즘은 결코 달성할 수 없다는 의미에서 영원히 필요하며 급진적일 수밖에 없다는 점이다.

자유주의 페미니즘이 불러온 논쟁과 모순은 이후 급진주의 페미니즘, 사회주의 페미니즘, 정신분석 페미니즘, 탈식민 페미니즘의 토대가 되었다. 자유주의에 대한 이해가 없다면, 자유주의와 젠더(성별성)에 대한 공부가 없다면, 자유주의의 유동성을 고려하지 않는다면 근대성과 탈근대성 모두에 접근할 수 없다(탈근대는 공간적 개념이지 '근대 이후'가 아니다).

자본주의와 사회주의 체제를 '이념'이라고 볼 수는 없지만, 두 체제는 자유주의의 핵심 개념인 인간의 본질에 대한 실험이었다. 어떤 이는 다음과 같이 말한다. 사회주의와 기능주의가 자유주의의 적자라면 페미니즘은 '사생아'라는 것이다. 《여성성의 신화》는 이 '사생아'를 공적 영역의 의제로 전면에 가시화했다.

자유주의 페미니즘이 영원히 필요한 이유는 베티 프리던의 책과 늘 동시에 논의되는 질라 아이젠슈타인의 《자유주의 페미니즘의 급진적 미래(The Radical Future of Liberal Feminism)》가 잘 보여준다. 인간의 해방과 자유는 추구하는 내내 달성할 수 없는 과정의 정치이다. 《여성성의 신화》는 지구상 '모든' 여성들이 교육, 법, 고용, 경제적 지위 같은 공적 영역에서 평등을 획득하는 '그날'까지 유효하다. 그러나 동시에 '그날'은 오지 않아야 한다. 민주주의는 끝없는 전진이기 때문이다.

근대에 등장한 개인(individuals) 개념은 인간을 신(神)과 자연의 질서에서 해방시켰다(고 믿었다). 그러나 곧바로 '인간이란 무엇인가', 그리고 '인간은 모두 같은가, 다르다면 어떻게 다른가'라는 고민이 시작되었다. 인간의 기준이 백인, 남성, 비장애인에 국한되었다는 비판이 나왔고, '인간이 원하는 사회는 어떤 사회인가'(사회주의의 등장, 문명의 발전에 대한 회의……)라는 논쟁도 벌어졌다.

자유주의 페미니즘은 가장 거대하고 광범위한 인간의 성별, 그에 따른 생활 영역 전반의 문제에 도전했다. 물론 그 도전이 기존의 정치, 개인 개념에 국한되었기에 이후 구조주의 페미니즘이 대거 등장한다. '여성의 사회 진출'보다 사회 구조 자체의 문제를 비판하는 다양한 구조주의 페미니즘에서 여성은 개인이라기보다 구조와 협상하는 주체(subject), 행위자(agency)다. 한편 급진주의 페미니즘 역시 자유주의에서 큰 영향을 받았다. 급진주의 페미니즘은 자유주의 페미니즘의 사적인 영역과 섹슈얼리티에 대한 무지를 비판하는 데서 출발했지만, 성적 자기 결정권이라는 자유 의지론에 '의존'할 수밖에 없었다. 성폭력과 전시 강간을 다룬 역작 수전 브라운밀러의 《우리의 의지에 반하여(Against Our Will)》는 결국 성폭력을 개인의 의지를 억압한 문제로 보았다.

《여성성의 신화》를 '여성의 신비'(평민사, 1978년)라는 제목의 번역본으로 읽은 나로서는 한국어 제목이 잘못되었다고 생각한다. 실제로도 '틀린' 번역이다. 원제 'Feminine Mystique'는 '여성의 신비'이기도 하고, '여성성의 신비'이기도 하다. 나는 '여성이라는 미스터리', '여성의 분열'로 읽는다. 그만큼 복잡한 텍스트라는 얘기다.

지금 내 앞에 있는 《여성성의 신화》는 시간과 공간을 달리하여 먼 여정을 거쳤다. 일단 이곳은 한국 사회이며 지금은 자유주의의 해방적 성격이 중시되는 시대가 아니라 개인에게 모든 책임을 묻는 각자도생 시대, 고립된 개인의 신자유주의 시대다.

여성은 언제나 성역할과 시민권 사이에서 갈등했고, 《여성성의 신화》는 그 문제를 정면으로 다룬다. 신자유주의는 인류 최초로 가부장제를 이긴 체제다. 신자유주의는 페미니즘을 일정 정도 허용했다. 남성의 성역할과 시민권, 노동권은 대립하지 않지만 여성이 성역할 담당자 대신 개인이 되려면 언제나 '이기적'이라는 비난을 감수해야 했다. 그러나 신자유주의는 여성에게도 개인화, 시민권을 허용했고 그것이 지금 우리가 목격하는 여성 운동의 '대중화'이다. 현재 한국 여성 운동의 일부가 유례없이 동성애, 트랜스젠더, 난민 혐오적 경향을 보이는 것은 당대 페미니즘이 사회 정의와 연대로서 페미니즘이기보다는 신자유주의적 페미니즘이기 때문이다.

그런 의미에서 우리의 목표는 신자유주의적 자아에서 자유주의적 자아로의 회복일지도 모른다. 하지만 한국 사회에서《여성성의 신화》는 '우리의 문제'를 해석('해결')하는 데 여전히 좋은 참고 자료이다. 한국의 여성 교육 수준은 세계 1위이다. 반면 경제협력개발기구(OECD) 회원국 중에 직장 내 여성 처우는 최하위 수준으로 드러났다. 남성과 여성의 임금 차이는 100 대 58~62를 오간다. 시간당 여성의 임금 성비는 2019년 69.4퍼센트를 기록하여 여전히 남성의 70퍼센트에 미치지 못하고 있다.

교육 수준과 취업의 극심한 괴리는 고학력 여성을 결혼 시장으로 내몰고 그들을 자녀 교육에 올인하도록 이끈다. 이것이 바로 한국 사회의 젠더-입시 교육-부동산 문제의 핵심이다. '대치동 엄마'들은 지루하지 않다. 일단 너무 바쁘다. 베티 프리던의 유명한 언설인 "이름 붙일 수 없는 병(문제)"이 없다. 있더라도 자신의 '문제'가 무엇인지 알고 있다. 이들의 인식은 매우 구조적이다.

고학력 중산층 여성들의 가정 내 자기 실현, 결혼 거부와 저출산을 선택하는 여성들, 자기 계발과 스펙 쌓기에 지친 여성들, '고양이, 알바, 여행'으로 상징되는 '소박한 삶'에 대한 욕구, SNS를 통해 자아를 구성하는 여성들……. 이 시대 여성들의 근본적 고민은 여전히 남성과의 불평등 때문이다. '선택'이 다양해졌을 뿐이다. 《여성성의 신화》는 우리를 출발선에 다시 세운다.

자연의 법칙은 누가 정하는가

나는 과학이 말하는 성차별이 불편합니다 _ 마리 루티

2015년 '메갈리안' 등장 이후 거의 일주일에 한 권씩, 아니 매일 여성학 관련 책들이 출간되고 있다. 25년 동안 한국 사회에서 여성주의 주변에 있던 사람으로서 놀랍기도 하고 감격스럽기도 하다. 그중에서도 특별히 눈길이 가는 책이 있다. 거칠게 분류하면 두 가지 종류가 있는데 내 심정을 대변하는 경우가 있고, 간절한 마음으로 모든 이들이 읽었으면 하는 책이 있다.

마리 루티의 《나는 과학이 말하는 성차별이 불편합니다》는 후자다. 특히 이 책이 반가운 이유는 나를 일상의 노동에서 어느 정도 해방시켜줄 것이라는 확신 때문이다. 나는 유명한 사람도 아니지만, 비유하자면, 남성이 유명세(勢)를 부린다면 여성인 나는 유명세(稅)를 내는 처지다. 나는 이메일을 많이 받는데, 성차별적인 말에 어떻게 대처해야 하냐는 질문이 압도적이다. 나는 모두 답장하는데, 그중에서 가장 골치 아픈 메일은 동물

121

행동학과 관련한 내용이다(대한민국 남성들은 이 문제에 관한 한 모두 전문가인지 별의별 '이론'을 다 제시한다). 이제 나는 이 책을 권하기만 하면 된다. 벌써부터 어깨가 가벼워진 느낌이다.

이 책에도 나오지만 남성 학자들은 자신들끼리 논쟁은 안 하는지 주로 대중을 상대로 섹스, 젠더, 섹슈얼리티를 망라한 '성 과학 이론'을 주장하는데—이런 표현은 사용하고 싶지 않지만—황당하고, 어처구니없고, 기가 막혀서 '머리에서 불나는' 이야기들이 대부분이다. 솔직히 저들이 '지식인'인가 싶을 정도다. 이들이 자기 논리를 펼칠 때 필수로 드는 사례가 젠더다. 대중의 편견에 기댈 수 있기 때문에 무한한 설득력이 있다고 자신하는 것 같다.

대학에 재직하는 일부(?) 뇌 과학자, 진화생물학자들은 "동물의 세계에도 성폭력이 있다."(오래된 이야기다)더니, 요즘은 "성매매도 있다."고 주장한다. 평소에는 '개○○', '쥐○○' 같은 욕설로 동물을 비하하면서도 한편으로는 동물의 세계가 이상향이라도 되는지 왜 그런 주장을 하는지 상식 불통이다. 동물의 세계에 성폭력이 있다고 해서 인간 사회에도 있어야 한다는 것인지, 인간은 동물을 따라가야 한다는 것인지, 성폭력이 생물의 본능이라는 것인지……. 일단 이들은 성폭력과 성매매가 무엇인지 모른다. 성폭력, 성매매는 고도의 정치경제학이다. 여성에 대한 폭력은 언어는 물론이고 교환, 화폐, 몸에 대한 깊은 지식으로 무장한 '문명'이다. 《인류학 개론》이나 《자본론》부터 읽어

보라고 권하고 싶다.

이 책을 읽으면서 이런 문제는 미국 남성이나 한국 남성이나 별 차이 없음을 알게 된 것이 반갑다면 반가운 일이었다. 그리고 아직 한국 사회에서 저자와 같은 여성 지식인이 없는 것 같아 안타까웠다. '사이보그 선언문(A Cyborg Manifesto)'으로 근대 철학에 인식론적 전환을 가져온 영장류 생물학자 도나 해러웨이는 1970년대 자신의 박사 학위 논문에서 동물 행동을 기술하는 과학자의 언어는 객관적이지 않다는 주장으로 당시 학계에서 추방되었다. 자연과학의 언어는 그 사회의 정치, 사회문화적 영향에서 자유롭지 않으며 중립적인 학문은 없다는 주장이 생물학을 모욕했다는 것이다. 물론 지금 해러웨이는 세계적인 석학이지만, 자연과학자들의 중립적, 보편적 주체라는 자기 환상은 여전하다.

과학자든 정치가든 자기가 사는 사회의 언어에서 벗어날 수 있는 사람은 없다. 너무나 당연한 이야기지만 아직도 이런 상식이 필요한 남성 학자들이 떼 지어 있는 것이다. 아마도 남성들이 가장 좋아하는 TV 프로그램 중 하나는 〈동물의 왕국〉일 것이다. 〈도니 브래스코〉(1997년) 같은 영화를 보면 마피아나 '조폭'들도 즐기는 것 같다. 힘의 원리에 대한 남성 문화의 집착은 적자생존(適者生存, natural selection)의 원리를 약육강식(弱肉强食)의 법칙으로 바꾸어버린다. 가부장제는 과학보다 힘이 세다. 〈동물의 왕국〉은 박근혜 전 대통령이 좋아하는 프로그램으로도 화제를 모았다. 이유는 "동물은 배신하지 않는다."는 것이었다. 전자는 힘의 원리만이 동물의 세계를 지배한다는 가정이고, 후자는 동물에게는 정치가 없다는 사고방식이다. 상반된 듯하지만 두 가지 사고방식은 같다. 모두 자기 생각을 자연(타자)에 투사하는 것이다.

심층 면접이나 현지 조사 같은 방법을 사용하는 질적 연구는 연구 대상보다 연구자의 사회적 위치(position)와 언어를 우선적으로 고민한다. 연구자가 관찰하는 타인의 행동을 어떻게 해석할 것인가의 문제는 곧 연구자 자신의 시각과 역량의 문제가 된다. 타인의 모습은, 보는 사람의 시각을 통과한 것이다. 그래서 인터뷰이와 인터뷰어의 관계는 언제나 문제적이다. 이때 글은 자기 생각이 아니라 말하는 자와 듣는 자의 상호 작용이 진실에 미치는 영향을 쓰는 것이다. 홀로코스트 생존자, '군 위안부', 제주 4·3사건 생존자 연구 모두 마찬가지다. 말하고 듣는 순간 사물(인간과 자연)은 변화한다. 인간 행동조차 이러한데, '언어가 안 통하는' 동물의 행동에 대한 관찰을 어떻게 그렇게 확신할 수 있을까.

나는 여성학 연구자로서 다윈주의자이며 진화생물론자다. 자연과 사회를 대립적으로 사고하지 않는 사람은 모두 그러하리라 생각한다. 자연은 문화의 시각이 투사된 것이며(cultured nature), 자연은 문화에 영향을 끼친다(natured culture). 인간의 몸이 이 사실을 매일 증명하는데도 우리는 이 진리를 잊고 산다. 1960년대에 인간은 지금처럼 키가 크지 않았다. 남성과 여성의 몸집 차이는 가부장제 사회의 오래된 영양 불균형(남성이 먹을 것을 먼저 차지함)의 결과가 오늘날 미의 관념(날씬함)으로 변모한 것이다.

거듭 강조하건대 모든 생물체는 문화와 환경에 따라 자신의 몸을 변형하며 그 변화는 다시 자연 상태에 영향을 끼친다. 이것이 생물학이다. 생물학과 생물학적 사고(생물학적 본질주의)는 반대말이다. 젠더, 퀴어, 섹슈얼리티 문제가 정치학으로 간주되기 가장 어려운 이유 중 하나가 바로 자연화(自然化) 때문이다. 가장 사회적인 구성물을 자연의 법칙이라고 주장한다. 하지만 이 세상 어디에도 자연의 법칙은 없다. 자연의 법칙이라고 간주되는 인간의 사고방식이 있을 뿐이다. 언제나 문제는 '무엇을 자연이라고 보는가', '자연의 범주는 누가 정하는가'이다. 그것이 권력이고 지식이다.

이 책은 동물의 세계에도 성매매가 있다고 주장하는 남성의 논리를 격파(?)해 달라는 여성들에게 가장 필요하다. 한편 힘의 공백(power vacuum)은 필연적으로 전쟁을 불러온다는 현실주의 국제정치론자에게(국제라는 가상의 세계 자체가 동물행동학을 토대로 구성된 것이다), 그리고 성폭력을 금지하는 것은 소변보기를 억압하는 것이라고 주장하는 남성들에게 이 책 읽기를 '법'으로 강제했으면 하는 생각이 든다.

공부에는 왕도가 없지만 '올바른 길'은 있다. 더구나 그 '올바른' 길이 '빠른 길'이라면, 한번 가볼 만하지 않을까. 지식이 구성되는 과정을 아는 것이다. 《나는 과학이 말하는 성차별이 불편합니다》는 과학이나 성차별에 국한되는 책이 아니다. 지식이 만들어지는 원리를 일깨운다. '지적 대화를 위한 깊고 넓은 지식'을 원한다면 이 책이 출발점이다.

다윈은 '우리 편'

'다윈의 대답' 시리즈 _ 피터 싱어 외

'다윈의 대답 시리즈'를 읽고, 소통(疏通)의 '疏'에 '멀어지다'라는 뜻이 있는 것이 의미심장하다는 생각과 더불어 혹시 커뮤니케이션(com/munication)의 뜻은 '침묵을 나누다'가 아닐까 하는 자의적인 생각을 해보았다. 학제 간 소통은 물론이고 자기 자신과의 대화도 결국은 소통 대상과 선을 긋는 일이기도 하다. 하긴 거리와 차이에 대한 인식만이 자신이 어디에 있는지 알게 하므로 서운해할 만한 일도 아니다. 어떤 학문 분야에서나 모든 이론은 매 순간 운동하는 세계를 영원으로 고정시키려는 욕망 행위다. 이론은 인식자와 대상, 언어가 우연히 단 한 번 꼭 들어맞은 결과일 뿐이다. 대상을 관찰하는 그 순간에도 현실은 움직이고 있기 때문이다. 그러므로 확실함에 대한 추구는 소통의 가장 큰 장애물일 뿐만 아니라 지성의 독이다. 더군다나 '종교(宗敎, 으뜸 가르침)'를 달리하는 인문사회과학과 자연과학의 대화 혹은 여성을 남성의 잔여적(others) 범주로 전제하면서도 보편을 가장하는 남성(manliness) 학문과의 소통은 더더욱 그럴 것이다.

그동안 보수, 아니 사회적 약자 혐오 정책에 이데올로기적 기반을 제공해 왔다고 비판받아 온 사회생물학을 재해석할 것을 주장하며 도발적인 대화를 요구하는 책 '다윈의 대답' 시리즈가 나왔다. 총 4권으로 구성된 이 시리즈의 1권은 좌파 다윈주의의 필요성을 말하고, 2권은 농업을 약탈과 파괴 활동으로 인식할 것을 제안하며, 3권과 4권은 여성 차별과 의붓자식 학대는 사회적 산물이 아니라 인간 본성이라는 주장을 담고 있다. 언론 매체에 보도된 이 책에 대한 리뷰들의 공통적인 지적은 "논쟁적인 책", "여성들이 읽으면 발끈할 책"이라는 것이다. 일단 '발끈'이라는 말 자체가 대상에 따라 달리 사용되는 위계적인 표현이자 성별적(gendered) 단어라고 지적하고 싶다. 아쉽게도 각 권의 내용과 논의의 '질', 그리고 정치학은 균질하지 않다. 내가 읽기엔 1권과 2권은 논쟁적이지만, 3권과 4권은 '발끈'할 만하다기보다는 진부하다. 하지만 네 권 모두 우리말 번역이 매우 훌륭하며, 옮긴이의 해제가 내용과 분량 모든 면에서 충실하고 균형감이 있어서 본문보다 더 읽을 만하다.

미국 사상가 에드워드 사이드는 새뮤얼 헌팅턴의 《문명의 충돌》을 헌팅턴 자신의 "무지의 충돌"일 뿐이라고 비평한 바 있는데, 나 역시 사이드의 표현을 3권의 저자에게 해주고 싶다. 3

권의 저자 킹즐리 브라운이 인식하고 있는 성별 의제나 그가 비판하는 페미니즘은 1960년대 백인 중산층 이성애자 여성 중심의 서구 자유주의 페미니즘으로 보인다. 물론 공적 영역에서 남녀 간 기회와 조건의 평등을 요구하는 자유주의 페미니즘은 여전히 유효하지만, 공사 영역에 걸친 여성의 이중 노동은 저자의 인식처럼 생물학적 성차에 원인이 있는 간단한 문제가 아니다. 차이가 차별을 낳는 것이 아니라 권력이 (특정한 역사적 조건에서 인간들 간의 의미 있는 혹은 의미 없는) 차이를 생산한다. 저자의 지적과는 반대로 생물학적 성차는 원인이 아니라 수천 년 동안 젠더화된 각종 제도적 실천, 법, 감정 노동, 언어, 무의식, 섹슈얼리티 등이 상호 작용하면서 체현된 인간의 몸(social body)의 일부이다. 현재 전 세계적으로 탈식민주의, 문화 이론, 지구화의 정치경제학 논의를 주도하고 있는 여성주의 이론에 대한 리뷰는 물론이고, 지난 40여 년간 여성학의 변화와 발전을 전혀 살펴보지 않은 저자의 불성실과 무지, 여성 지식인에 대한 무시에 놀라지 않을 수 없다. 그런 의미에서 이 책(3권)은 전혀 논쟁적이지 않다. 논쟁이란 논쟁할 가치가 있는 의제에 한해서 논쟁적이다. 유색 인종의 열등한 지위가 피부색 때문이라고 주장한다면 그에 대해 논쟁할 필요가 있을까? 하지만 달리 생각하면 이 책은 자신의 언어와 경험이 기존의 사회 언어와 일치하기 때문에 지배적인 인식 구조에 무임승차하는 사람과, 기존 언어가 자신의 삶을 반영하지 않기 때문에 언어 없음으로 인해 고통받으며 언제나 자신의 존재를 설명하고 증명해야 하는 사람 사이의 대화―아주 쉬운 예로 영어를 모어로 사용하는 사람과 그렇지 않은 사람이 영어로 하는 대화―라는, 여성주의자로서는 지겨운 의제를 내게 다시 한번 상기시키는 좌절감을 주었다는 측면에서 '논쟁적'일 수도 있겠다.

나는 여성학을 공부하지만 말이나 글에서 '남녀/양성 평등'이라는 표현이나 주장을 사용한 적이 거의 없다. 거의 없는 정도가 아니라 의식적으로 사용하지 않기 때문에 '한 번도 없다'고 해도 과장된 표현은 아닐 것이다. 여기 쓰기엔 길고 복잡한 이야기지만, 일단 인간은 생물학적으로 남녀 양성으로 구성되어 있지 않다. 2천 명당 1명꼴로 양성 구유자(hermaphrodite)가 태어난다. 성별과 섹슈얼리티가 사회 조직의 주요 원리가 되는 남성 중심 이성애주의 사회에서만 인간을 양성으로 구분한다. 또한 여성주의 사상에는 여러 흐름이 있지만 최소한 내가 아는 여성주의는 남성과 같아지는 '평등'이 아니라 인간 몸의 차이의 해석을 둘러싼 권력 관계, 젠더라는 사회적 분석 범주가 구성되는 경계의 정치학에 대해 논한다.

그러므로 '양성 평등'은 정치적, 과학적으로 틀린 용어다. 내 주변의 여성주의자들을 떠올려봐도, '남녀 평등을 부르짖는' 여성은 별로 없다. 그런데 강의나 모임에 가면 남성 사회자들은 언제나 나를 "남녀 평등을 위해 애쓰시는 분"으로 소개한다.

이러한 남성들의 태도는 오해일까, 투사일까? 이런 점에서

'다원의 대답' 시리즈는 단지 근대에 이르러 각자 확신에 찬 목소리로 분절된 분과 학문 간의 대화라는 고통스런 이슈만이 아니라, 대화에 참여하는 사람들의 사회적 위치(positions)에 따른 권력 관계의 문제를 제기한다. 남성과 여성주의자, 계급 차별주의자와 마르크스주의자, 백인과 인종 차별 반대 운동가, 이성애주의자와 동성애 인권 운동가는 어떻게 소통해야 할까? 당장은 거의 필연적으로 보이는 이들 사이의 소통의 실패와 오해의 책임은 누구에게 있을까? 지배 이데올로기를 보편, 중립, 객관, 심지어 지성으로 생각하는 사람과 이에 저항하며 새로운 언어를 만들어 가야 하는 사람들 간의 대화는 어디까지 가능할까? 아니, 그런 대화가 필요할까? 필요하다면 누구의 입장에서, 누구를 위해, 왜 필요한 것일까? 대화의 혜택은 참가자 모두에게 돌아갈까? 혹시 타자는 동등한 인식자가 아니라 데이터로 간주되는 것은 아닐까? 그리고 주체는 기존 이론을 해체하기보다 부가하거나(adding) 자신을 성찰하고 각성하는 데 타자의 경험을 동원하는 것은 아닐까?

좌파가 다원주의를 재해석해야 한다는 이 책의 주장을 지지한다. 그러나 사회주의가 '실패'한 원인은 좌파가 인간 본성의 존재를 부정해서라기보다는, 내가 보기엔 '원래' 사회주의와 자본주의가 별로 차이가 없었기 때문이다. "마르크시스트나 파시스트나 설거지 안 하기는 마찬가지"라는 말처럼, 사회주의와 자본주의는 차이보다 공통점이 훨씬 많았다. 성별 제도는 말할 것도 없고 인종 차별, 지역 차별, 공간 구조는 서구 제국과 다르지 않았고, 이는 이미 안토니오 그람시나 조르주 르페브르, 미셸 푸코 같은 후기 마르크스주의자들이 통감한 바다. 근대 체제는 인간과 사회를 인식하는 데서 '생물학'과 '사회학', 몸과 정신, 개인과 구조, 자연과 문화, 보편과 특수, 언어와 물질이 상호 배제적, 대립적 범주라는 이분법을 만들어냈고, 이는 사회주의도 마찬가지였다.

다윈주의의 주장처럼 사회주의가 이기적인 인간 본성의 존재를 인식하는 데 실패해서 몰락한 것이 아니라, 근대의 쌍생아인 사회주의와 자본주의의 적대적 공범 체제에서 인간 본성은 근본적으로 변화할 수 없었다는 것이 더 정확하지 않을까? 예를 들어 독일 사회학자 울리히 벡이 지적했듯이 군비 증강은 자본주의 국가에서만 필수 불가결한 것이 아니었다. 본질적으로 소련과 동유럽은 마르크스가 예상했던 산업화가 아니라 두 차례에 걸친 세계대전의 결과로 공산주의가 되었다. 논쟁이 아니라 무력, 프롤레타리아트가 아니라 군대가 현실 사회주의가 승리할 수 있는 토대였던 것이다. 인간 본성은 존재 유무 문제가 아니라 인간 본성 자체가 사회문화적 산물임을 알아야 한다. 체현(embodiment), 훈육, 행위성, 수행성(performance), 사회적 몸(mindful body) 같은 후기 구조주의 개념은 사회 구조와 인간의 변화 혹은 불변을 동시에 설명한다. 이러한 인식틀로는 인간 본성의 유무를 따지는 것이 무의미하다. 간단히 말해 인간 본성은 '있다'. 그러나 그것은 이미 존재하는 것이 아니라 늘 구성되는 과정에 있으며, 생성하는 존재로서 있는 것이다.

2권의 부제 '왜 인간은 농부가 되었는가?'는 가장 흥미롭고 중요한 지적을 하고 있다. "수렵인들은 호전적이고 농경 민족은 평화롭다."는 상식을 뒤집는다. 농사는 자연의 한계를 극복하겠다는 명백한 의도를 품고 환경을 통제하는 것이며(57쪽), 농업 발달은 인구 증가와 생태계 파괴의 악순환을 가져왔다. 게다가 농업은 '게으름'을 용납하지 않는 경제 체제다. 인류 역사에서 농업의 발달과 그로 인한 정착 생활은 영토적(territorial) 사고를 기반으로 한 정체성, 폭력, 전쟁, 계급 제도의 시작이었다. 이 책은 홍적세(약 258만~1만 년 전)의 대량 멸종 사건과 후기 구석기인들의 원시 농업의 인과 관계를 설득력 있게 보여주지만(92쪽), 농업에 대한 저자의 통찰은 이러한 차원을 넘어선다. 2권은 옮긴이의 지적대로 결국 근대성에 대한 비판이라는 점에서 매우 당대적인 연구로 읽힌다.

나는 '다윈의 대답' 시리즈가 근본적으로 제기하는 질문은 지식과 정치학의 관계라고 생각한다. 저자들은 이를 사실(fact)과 가치(value)의 구분으로 설명하고 있다. 즉 과학이 지금까지 발견해 온 사실에 대한 지식과 정보를 기반으로 삼아 가치를 추구해야 한다는 것이다. 의붓자식 학대가 친자식의 경우보다 100배가 넘는다는 '사실'을 알고 우리가 해야 할 일은 인간성에 절망하는 것이 아니라 이러한 아이들이 처한 위험을 미리 예방해야 한다는 것이다. (하지만 이는 한편으로 재혼 가정에 대한 편견을 강화할 우려가 있다.) 이제까지 사회생물학은 사실과 가치의 구분에 실패함으로써 우파 이데올로기라고 비판을 받았다. 어떤 사실을 발견했다고 해서 그 사실에서 규범적 가치를 유도해 낼 수는 없다. 여성이 남성에 비해 육아나 가사 활동에 특화되도록 진화해 왔다고 해서, 성별 분업이 당위로 이해되어서는 안 된다는 것이다.

그러나 이는 생각보다 간단하지 않다. 원래 사실과 가치는 구분되지 않는다. 사실(事實)은 언제나 사실(史實)의 산물이다. 사실의 발견은 인식자가 관계 맺고 있는 사회의 특정한 가치 체계로부터 나온다. 다시 말해 과학적 사실은 발견되는 것이 아니라 발명되는 것이다. 특히 3권과 4권의 저자들은 현실과 과학을 혼동하고 있는 듯하다. 여성의 열악한 지위나 의붓자식 학대는 새롭게 발견된 과학적 사실이 아니라 특수한 세계관에 입각한 저자들의 언어로 구성되고 재현된 현실의 일부분일 뿐이다(물론 여성학을 포함한 모든 학문이 그렇다).

4권의 내용은 맥락화된 지식(situated knowledge)이 아니기 때문에 얼마든지 반증이 가능하다. 계급 재생산과 남성 연대를 위한 여성 섹슈얼리티의 통제 제도로서 이성애 생물학적 핵가족의 정치적 의미는 이미 마르크스주의 페미니스트, 정신분석 페미니스트가 수없이 분석해 왔으며, 의붓자식 학대는 이러한 제도 속에서 구축된 '인간성'의 부분적 표출이다. 부모들이 친자식보다 의붓자식을 더 학대하는 것은 사실이다. 하지만 그것이 유전자 때문일까? 그렇다면 한국이나 중국 사회에 만연한 친자식인 여아 낙태는 어떻게 설명할 것인가? 거의 모든 외과 수술 환자들이 호소하는 환상 사지(phantom limb) ─ 신체 절단 후에도 지체(肢體)가 있는 듯한 느낌 ─ 가 왜 자궁을 들어낸 여성들에게서는 전혀 발견되지 않을까? (가부장제 사회에서 여성의 몸은 여성 자신의 것이 아니기 때문이다.) 이처럼 몸은 사회적 기억이다.

내가 이해하는 '사회' '생물학'은 (지금도 유효한) 1970년대 여성주의 슬로건 "개인적인 것은 정치적인 것이다."와 같은 인식론을 공유하고 있다고 보며, 또 그래야 한다고 생각한다. '사회'와 '생물'은 분리된 범주가 아니다. 그렇다면 '다윈의 대답' 시리즈는 부분적인 대답이다. 문제는 저자들이 보고한 현실을 과학으로 받아들일 것이 아니라 어떻게 해석할 것인가이다. 3권과 4권처럼 인간 사회의 여러 문제를 역사와 문화와 분리된 인간 본성이나 유전자로 설명할 것인가. 그렇다면 그러한 해석이 의미하는 사회적, 정치경제학적 함의는 무엇인가. 여전히 다윈주의는 문제에 대한 해답이라기보다는 그 자체가 질문되어야 할 텍스트다.

뼈, 털, 집착, 욕,
비참함에 대한 이론
여성, 거세당하다 _ 저메인 그리어

페미니즘 지식의 쾌락

겸손도 아니고 두려움 때문도 아니다. 나는 스스로 페미니스트라고 생각해본 적이 별로 없다. 더 정확히 말하면 나는 '페미니스트'가 뭐하는 사람인지 잘 모른다. 그런데도 페미니즘 책 읽기와 쓰기를 계속하는 가장 큰 이유는 쾌락 때문이다. 정의감, 타인을 돕는다, 세상을 바꾼다……. 만일 이런 일이 있다면 이는 우연일 것이다.

어쨌든 단언하건대 여성주의만이 주는 즐거움이 있다. 그것도 '여성스러운' 행복감(joy)이 아니라 '남성적인' 쾌감(pleasure)이다. 지적인 쾌락, 깨닫는 쾌락('열반'!), 분노와 분열과 고통이 주는 쾌락, '나쁜 사람'을 골탕 먹이는 쾌락, '대세'에 휩쓸리지 않고 비웃으며 무시할 수 있는 힘의 느낌……. 이런 쾌락은 돈,

명예, 맛있는 음식, 심지어 건강과도 바꿀 수 없는 것이다. 대신 약간의 외로움, 우울함, 무시와 모욕감, 스트레스 따위를 감수해야 하는데, 이런 대우는 여성주의와 무관하게 누구나 겪는 문제 아니겠는가.

물론 이건 순전히 나의 개인적인 이야기이고 세상엔 건전한 페미니스트가 훨씬 많다. 그리고 이런 쾌락 추구는 내가 생각해도 '바람직한 삶'은 아니다(지금 내 건강은 엉망이다). 하지만 '바람직'의 의미가 다양해진다면 얘기는 달라진다.

지식의 결투

"즐겁지 않은 투쟁은 잘못된 투쟁이다."(22쪽)로 시작해서 "여성들이 택한 길이 옳은지에 대한 가장 확실한 지침은 투쟁 속에서 즐거움을 느끼느냐이다."(427쪽)로 마무리되는 《여성, 거세당하다》의 서술 관점은 다소 독특하다.

이 책은 남성 문화를 비판하기보다 남성의 역사를 상대화하면서 여성의 성적 표현과 능력을 주장하는 데 더 강조점이 있다. 성차별에 대한 분석이 현실 고발의 느낌을 주기보다는 "(남녀 모두에게) 니들 지금 뭐하니?" 같은 어조로 말하는 데 초점을 맞추고 있다. 의기양양하고 대담하다. 확고하면서도 깊고, 특정한 관점에서만 가능한 태도다. 나는 '의기양양하다'는 표현이 적합하다고 생각하는데, '고리타분한' 여성학 책을 상상하지 말라는 것이다(하긴 이 표현도 통념일 뿐 고리타분한 여성학 책도 있겠지만, 나는 읽은 적은 없다).

이 책은 매우 지적이고 풍부한 정보를 담고 있다. 서구 인문학 지식이 있으면 더욱 즐겁게 읽을 수 있다(그렇지 않더라도 옮긴이 주가 성실해서 걱정할 필요는 없다). 부러울 만큼 참고 문헌(sub text)이 풍요롭다.

이 책은 세계관의 배틀(battle)이자 지식의 결투장이다. 문장 자체가 '멍청하지만 탐욕스럽고 고상한 척하면서 부와 권력을 독점하고 있는 사람들'에게 KO 펀치를 날리는 듯한 역동적인 리듬감이 있다(옮긴이의 능력 덕분이기도 하다). UFC(격투기 경기)를 좋아하는 나는 신났다. 환호와 적대는 늘 동반자여서, 나 같은 사람이 한둘이 아니었는지 저자는 이 책의 출간 이후 "제정신이 아닌 사람에게 총을 맞을 가능성이 항상 있었다."(434쪽)고 한다.

여자 내시?

원제 'Female Eunuch'를 직역하면 여자 환관(宦官), 여성 내시(內侍)다. 아마도 가장 쉽게 떠오르는 의문은 이런 것이다. 내시는 남성 '직종' 아닌가? ('페니스 없는') 여자가 어떻게 거세를 당한단 말인가? 그런데 이 의문은 왕이 남자일 때 리비도는 남성에게만 있고 여성은 그 리비도에 반응하기만 하는 존재라고 전제할 때만 가능하다. 만일 인류 역사상 왕이 대대로 여성이었다면 왕의 가계도를 명확히 하기 위해 왕 주변의 여성들은 환관이었을 것이다.

일반적으로 《여성, 거세당하다》의 주장은 서구 페미니즘 사조 중에서 1960~1970년대를 풍미한 급진주의 페미니즘으로 분류된다. 이 책은 슐라미스 파이어스톤의 《성의 변증법》, 케이트 밀릿의 《성의 정치학》과 함께 급진주의 페미니즘 시대의 전성기를 형성했다. 세 권 모두 같은 해(1970년)에 출판되었다. (지금 이 책은 1991년에 출간된 '21주년 기념판'이다.)

급진주의 페미니즘은 가부장제의 핵심 구조가 여성의 몸과 섹슈얼리티에 대한 남성의 통제에 있다고 본다. 따라서 이 책이 여성의 몸에 대한 '과학적 접근'(급진주의 페미니즘에 따르면 기존 과학은 가부장제에 오염되었으므로 진정한 과학이 아니다), 여성에 대한 폭력, 성, 사랑, 외모, 결혼 제도, 심리 등의 내용을 주로 다룰 것이라고 생각하기 쉽다. 물론 그렇기도 하다.

'교사'와 '학생'이 같이 출발하는 책

하지만 《여성, 거세당하다》를 이렇게만 소개하기에는 아쉬움이 있다. 이 책은 좋은 의미에서 교과서적이다. 대안 교과서라고 할까? 24시간 일상을 지배하는 우리의 생각. 이 책은 우리가 성별, 남자, 여자, 인간, 자연에 대해 알고 있는 모든 지식을 전복한다. 아니, 정확히는 '바로잡는다'.

여성학 강사라면 교재로 쓰기 딱 좋다. 이 말은 오해의 여지가 넓은데, 강사는 다 알고 있다는 의미가 아니다. 여성주의는 어떤 의미에서는 '컴퓨터 사용법과 같은 수준'의 지식이다. 여성주의 의식은 마치 컴퓨터나 스마트폰 사용법처럼 '유치원생'이나 '대학원생'이나 사용법을 익히는 데 학력의 변수가 없다(적다).

이 책은 매우 지적이지만, 여성주의자도 '일반인'도 '마초'도 똑같이 이 책이 어려울 수 있고 똑같이 쉬울 수 있다. 나는 가야트리 스피박이나 주디스 버틀러의 '어려운' 여성주의 이론을 지식인보다 평범한 여성들이 몇 배 더 잘 이해하는 경우를 수없이 경험했다. 여성주의는 지식의 논제이기도 하지만 더 근본적으로는 의식의 문제이기 때문이다.

이 책의 이해와 흥미 여부는 지식이나 학력, 심지어 여성주의 의식이 아니라 '사실'과 통념 간의 투쟁을 대하는 읽는 이의 자세에 달려 있다. 통념(남성/지배 이데올로기)을 지식으로 여기고 더 나아가 사상이라고 생각하는 이들에게 이 책은 '말세의 징조'요, '황당무계', '미친 무식'한 책일 수 있다(얼마 전 내가 쓴 글에 이런 댓글이 달려 있었다).

요약하면 여성학 강사나 그 강의를 듣는 사람이나 모두 이 책의 내용과 정보가 필요하다는 것이다. 영화 20자 평 식으로 말하자면 '성별에 대한 가장 뛰어난 안내서'쯤 되겠다.

뼈, 털, 집착, 욕, 비참함에 대한 이론

이 책은 총 5장으로 이루어졌는데 소제목이 이런 식이다. 1장 몸(성, 뼈, 털, …… 사악한 자궁), 3장 사랑(이상, 집착, 안정……), 4장 미움(증오와 혐오감, 욕, 비참함……). 저자의 자신감을 보라. "이 책이 조롱이나 비방을 당하지 않는다면 목적을 달성하지 못한 것이다." "가장 성공적인 여성 기식자(기생충)들이 이 책에 불쾌감을 느끼지 않는다면 재미없는 책이 될 것이다."(25쪽)

내 서평의 목적은 이 책이 널리 읽혀서 성별, 가족, 섹슈얼리티에 대해 한국 사회가 좀 더 '상식적이고 과학적인 집단'이 되는 것이다. 그 결과로 내가 글을 쓸 때 검열에 덜 시달리고, 조금은 소통이 되었으면 하고, 말이 되는 비판을 받았으면 좋겠다. 책 소개를 인용으로 대신하면 다음과 같다. 괄호 안은 내 의견이다. 흥미롭기를 바란다.

"성이 본질적으로 상반된 대립 관계라는 것은 완전히 틀린 말이다. …… 동물계와 식물계는 두 성으로 분리되어 있지 않다. …… 48개의 염색체 중 단 하나만 다른데도, 우리는 48개 전체가 다른 것처럼 행동한다."(29~34쪽, 맞다. 인간은 양성으로 구성되어 있지 않다. 따라서 양성 평등 구호는 자제되어야 한다.)

"우리는 뼈를 딱딱한 것으로 인식하는 경향이 있다."(35쪽, 그럼 아니란 말인가?)

"젖가슴은 크지만 다른 곳은 살이 안 찌는 여성은 내분비선 교란 때문이다."(40쪽, '성형' D컵 여성들에게 건강 진단을 권한다.)

"털이 남성성의 지표라고? 그런데 남성성이 가장 강한 남자로 간주되는 흑인의 몸에는 털이 거의 없다. …… 여성이 옷을 더 많이 벗기 위해서는 털을 더 많이 깎아야 한다."(44쪽, 맞다. 그래서 겨울은 여성에게 해방의 계절이다.)

"자기 여자를 바라보며, '당신이 없으면 난 어떻게 하지?'라고 말하는 남자는 이미 망가진 것이다."(204쪽, 어떡하지?)

"서로 소통이 멈춘 누군가와 가까이 있을 때, 인간은 가장 깊은 외로움을 느낀다. 외로운 사람이 느끼는 고독감은 부부 관계에서 자신의 위치를 확립하지 못해서가 아니라 불신과 이기주의 때문이다. …… 결혼 계약이 정서적인 안정을 제공해준다고? 안정은 개인만이 이루는 것이다. 안정에 대한 욕구는 성격의 가장 취약한 부분과 두려움, 무능함, 피로, 초조 때문이다."(313~315쪽, 이 가을 외로운 사람은 모두 이 책을 읽으세요.)

"가정주부의 일에는 결과가 없다. 그 일은 그저 반복될 뿐이다."

(359쪽, 이 문장은 논쟁적이다. 나는 이 말에 동의하지 않는다. 이 책이 나온 후 지난 42여 년 동안 페미니즘 이론은 자본주의'보다' 더 발전했다.)

"성적인 매력으로 세상을 마음대로 조종할 수 있다고 착각하는 여성들은 바보다. 그런 전략을 선택해야 하는 상황 자체가 노예 상태다."(425쪽, 부분적으로 동의한다. 남성 중심 사회에서 여성의 성적 매력은 분명 '자원'이다. 하지만 이 전략은 '바보'스럽기보다 불가능에 가깝다. 성공 확률이 적다는 것이다. 유효 기간은 짧고, 수요와 공급은 심히 불균형하며, 끝없이 대체재가 등장하며, 산업 재해의 위험이 크고, 투자 비용에 비해 회수의 전망은 불투명하고…….)

세상의 모든 페미니즘을
나의 것으로

빨래하는 페미니즘 _ 스테퍼니 스탈

"괜찮은 남자나 만나서 결혼이나 할까?" "괜찮은 남자랑 결혼했으면!" 이 책에도 비슷한 언급이 몇 차례 나온다. 대다수 여성들의 희망 사항이자 갈등 요소지만 여성들이 은근히(?) 비난받는 언설이기도 하다. 하지만 진짜 문제는 여성의 무임승차 욕망이 아니라 가부장제 사회에서는 괜찮은 남자를 찾을 수 없다는 데 있다. 물론 여기서 남자는 그냥 사람(person)이 아니라 성별화된 사람, 즉 남성(men)을 말한다. 훌륭한 백인은 많다. 그러나 이 역시 개인일 때로 국한된다. 흑인과의 관계에서 백인은 구조적으로 괜찮은 사람이기 어렵다. 누적된 역사는 개인의 의지만으로는 극복하기 어려운 법이다. 인간은 입장과 경험의 존재이기 때문이다. 그래서 남자나 백인은 '괜찮을 수 없다'.

프리드리히 니체는 훌륭하다. 그리고 나는 철학자로서 니체를 좋아한다. 하지만 인간으로서, 남성으로서 니체는 무식하고 거의 깡패 수준으로 무례하다(그의 책을 보라). 내가 아는 남성 중에는 훌륭하고 존경할 만한 사람들이 매우 많다. 그러나 그 것은 '인간관계'인 경우지 '남녀 관계'일 때는 다르다.

요지는 이것이다. '괜찮은 남자'를 만나서 사랑받고 돈 걱정 없는 중산층 전업주부로 사느냐, 자아 실현을 하느냐의 고민이 아니다. 둘 다 불가능하다는 것이다. 하지만 우리는 언제나 이 런 형식의 질문의 함정에 빠져 고민하다가 결국 엉뚱한 길로 들 어선다. 나 역시 예외가 아니며 아직도 이 질문의 위력에서 자 유롭지 않다.

주제넘은 이야기이지만, 나도 이런 책을 꼭 쓰고 싶었다. 나 라면 최용신, 허정숙, 김활란, 나혜석을 이야기하는 것부터 시 작할 것이다. 그러나 이런 글을 쓰려면 이 책의 저자인 스테퍼 니 스탈처럼 어느 정도 내 인생을 드러내야 한다. 엄마와의 갈 등, 친구들이 '펜팔'이라고 비웃는 실속 없는 연애, '여성 지식 인'으로서 겪은 좌절, 나의 사고방식에 지속적으로 문제를 제 기하는 이들을 감당해야 하는 일상, 여성주의 커뮤니티와 거리 를 두어야 할 때의 아픔, 목적을 잃은 삶, 통제할 수 없는 외로 움……. 나는 포기를 반복하고 있다. 저자와 나 사이에는 계 층, 인종, 경험 같은 여러 차이가 있다. 그래서일까. 그녀의 삶 은 '우아해' 보였다. 이러저러한 이유에서 내가 스테퍼니 스탈처 럼 고전 읽기를 시도한다면 분명 대상 텍스트가 달라질 것이다.

다른 서평에도 등장하지만, 나는 1980년대에 남녀 학생 비율이 '9 대 1'로 남학생이 압도적으로 많은 남녀 공학 대학을 다녔다. 나는 "페미니즘은 무능력한 여자들의 투정"이라고 생각하는 '명예 남성'으로 살다가 졸업했다. 그런데 완전히 우연한 계기로 졸업하자마자 곧장 여성 단체에서 일하게 되었다. 전혀 관심이 없던 분야에서 새로운 20대가 시작되었다. 거기서 만난 가정 폭력, 성폭력 현실은 나를 완전히 '전향시켰다'. 그러나 본격적으로 페미니즘을 접하게 된 것은 서른 살에 여성학과 대학원에 입학하면서부터였고 그 뒤로 20여 년이 흘렀다. 여성 단체에 상근한 기간까지 포함하면 20여 년 넘게 이 분야에서 지낸 셈이다. 그런데 나는 페미니스트가 '아니다'. 《빨래하는 페미니즘》에서 말하는(275쪽) 의미에서도 아니고, 타인의 시선 때문에 숨기려는 것도 아니다. 나의 착한 여자 콤플렉스, 신데렐라 콤플렉스, 아버지 콤플렉스는 거의 중독에 가까우며 매일 이 문제와 사투를 벌이며 분열 속에 살고 있다. 하지만 나는 페미니즘을 '열심히 공부한다'. 내가 아는 한 페미니즘은 인류가 만들어낸 그 어떤 지식보다 수월(秀越)하다. 정치적, 이론적, 학문적으로 다른 어떤 언설보다 세련되고 앞서 있으며 상상력조차 뛰어넘는 참신한 문제의식과 질문을 던지는 사상 체계다. 지식이 지속적으로 새로운 질문을 던지는 행위라면, 또 지식이 윤리적이어야 한다면, 그리고 지식이 사유 능력을 의미한다면 최소한 페미니즘을 따라올 지식은 없다. 이유는 간단하다. 페미니즘은 지난 모든 언어에 대한 의문과 개입에서 시작됐으며, 이 과정에서 저절로 기존의 지식을 조감(overview)하는 능력을 지닐 수밖에 없었기 때문이다. 게다가 기본적으로 다(多)학제적이기 때문에 지식 전반에 걸쳐 박식하고, 다른 분야와 연결되어 폭발적인 재해석과 시너지 효과를 불러일으킬 수 있다.

우리 사회와 달리 서구 페미니스트들의 전공은 인문, 사회과학은 물론이고 성별과 거리가 있다고 '여겨지는' 분야까지 광범위하다. 핵물리학, 신학, 영장류 생물학, 농학, 의학, 국제정치학, 경영학 등 거의 모든 분야에 걸쳐 있다. 반면 우리 사회에서 여성학자, 여성학 교수, 페미니스트, 여성 운동가로 불리거나 스스로 그렇게 정체화하는 이들 중에서도 페미니스트가 '아닌' 경우가 있다. 물론 이를 판단할 수 있는 사람은 없다. 그러나 '페미니스트인가, 아닌가?'의 문제가 논쟁으로 생긴 입장 차이가 아니라는 데 슬픔이 있다.

한국 사회에서 페미니스트는 공적 영역에 진출한 잘난 여성, 기가 센 여성, 혹은 단지 성별이 여성(female)인 지식인을 의미한다. (1990년대 조사이긴 하지만 한국인이 생각하는 여성 운동가 1위는 황산성 변호사였다.) 그래서 여성학 수업 시간에 '여성주의자인 학생'과 '그렇지 않은 선생'이 갈등을 빚거나 성매매, 여자 대통령 같은 사안이 나올 때도 '졸도할 만한' 발언(사고)을 서슴지 않는 '여성주의자'가 드물지 않다.

예컨대 '알파 걸'은 페미니스트인가? 또 외모, 재력, 남성 네트워크 등 여성 개인의 자원을 최대한 이용하여 가부장제 사회에서 성공을 도모하자는 '파워 페미니즘'도 페미니즘인가? 성형 수술은 자존감의 회복인가? 성매매는 노동인가?(노동이다.) 그렇다면 성매매는 노동이어야 하는가?(아니다.) 박근혜 전 대통령은 여성인가? 아버지의 딸인가? 매 맞는 남편도 있나?(있다.)⋯⋯ 내 생각에 이 언설들은 불필요하거나 질문의 각도 자체가 남성의 입장(interest)에서 구성된 것이다.

그런 점에서 《빨래하는 페미니즘》은 여성주의 사상의 흐름과 전환에 대한 모범적인 주석이자 교과서다. 원래 모범이나 교과서라는 말은 지성의 속성과는 어긋나지만, 나는 페미니즘을 논의하면서 '바른 해석'이 절실하다고 느낄 때가 있다. 더구나 이 책은 그러한 내용을 판관적 자세가 아니라 개인의 지적 여정으로서, 스스로에게 의문을 품는 과정을 중심으로 쓰였기 때문에 성찰적이며 설득력이 있다. 같은 목소리도 '다른 목소리'도 아닌 스테퍼니 스탈의 목소리다.

캐럴 길리건과 주디스 버틀러는 자주 오해받는 페미니스트 사상가들인데, 이들의 사상을 이렇게 쉽고 분별력 있게 '정리한' 저자의 지적 역량과 글쓰기 능력이 놀랍다. 길리건은 여성성의 재평가보다는 돌봄 노동의 언어화와 여성적 윤리가 공적 영역의 규범에 포함되어야 한다고 문제를 제기했다. 단순한 모성 찬양이 아니다. 길리건은 자신의 논의가 남성다움, 여성다움 운운하는 젠더 문제가 아니라고("This is not gender issue.") 책 서두에 못 박았는데도 그녀를 향한 페미니즘 진영 내부의 비판과 남성들의 전유는 여전하다.

버틀러가 주장한 것은 여성 범주의 정치학과 그 구성, 효과에 관한 것이다. 여성 운동이 반드시 같은 여성 정체성으로부터 시작할 필요는 없다는 것인데, 이 논의 역시 지금까지도 오해에서 자유롭지 못하다. (《젠더 트러블》의 부제는 '페미니즘과 정체성의 전복'이다.) '남자'와 '여자'라는 우리의 개념은 원본 없는 복사본에 불과하지만(395쪽, 주디스 버틀러 재인용) 여성이라는 범주의 수행 가능성을 확장하는 데 목표를 두어야 한다는 것이다(401쪽).

또한 《빨래하는 페미니즘》에서 다루고 있는 뤼스 이리가레이, 엘렌 식수, 자크 라캉의 이론은 구조주의나 영미 페미니즘에 익숙한 한국 독자들에게는 쉽지 않은 내용이다. 우리에게 어려운, 아니 익숙지 않은 일부 페미니즘 이론을 명료하게 설명하는 저자의 뛰어난 능력은 기본적으로 지적 감수성에 기인한 것이겠지만, 한편으로는 현실에 대한 관찰력이 남다른 '예술가'만의 특권이기도 하다. 이 점이 이 책의 실질적인 유용성 중 하나다.

그러나 어쩔 수 없이 저자의 '백인 중산층 여성'이라는 위치성이 눈에 띈다. 흔히 백인 여성들이 글로벌 페미니즘, 다문화(multi-cultural) 페미니즘이라고 뭉뚱그려 명명해버리는 가야트리 스피박, 찬드라 모한티, 레이 초우 같은 탈식민주의 페미니스트, 신시아 인로 같은 반(反)군사주의 페미니스트, 에코 페미

니즘, 정신분석 페미니즘, 이슬람·남아메리카·동아시아 지역
의 페미니즘이 언급되지 않은 것은 이 책의 한계가 아니라 자명
함이다. 그것이 어떻게 가능하겠는가? 그러므로 이 책은 '그들
의' 교과서임에 분명하고, 저자 또한 이 사실을 모르지 않을 것
이다. 다만 나는 이 세상에는 현장(local)에 따라 수많은 페미니
즘이 존재한다는 점을 지적하고 싶다.

사회학이나 물리학에 한 가지 입장만 있겠는가? 그런데 왜
유독 페미니즘만 '한 가지'로 인식되는가? 이는 마치 '유색 인종
대 백색 인종'의 패러다임과 비슷하다. 주체는 개별성으로 인식
되지만 타자는 집단으로 지칭된다. 이 책에서도 다루고 있지만
같은 페미니즘이라도 포르노, 성매매, 가족, 출산, 모성 등에 서
로 상반된 입장을 취하며, 1970년대 미국의 포르노 금지 법안
제정 운동 때 전투는 남녀가 아니라 자유주의 페미니즘과 급진
주의 페미니즘 사이에서 벌어졌고 자유주의의 승리로 끝났다.

페미니즘을 '하나'로 사고하는 것 자체가 성차별이다. 나는
평소 숱한 사람이 사상가들을 언급할 때 마르크스, 프로이트,
푸코, 루소…… 그리고 페미니스트 식으로 나열하는 데 분노한
다. 남성들은 '개인'으로 호명되는데, 어째서 페미니즘은 한 덩
어리로 간주되는가? 이는 마르크스 한 사람과 모든 여성이라는
식의 발상이다. 물론 이러한 경계의 정치학은 페미니즘 내부에
도 있다. 흔히 페미니즘을 소개할 때 자유주의 페미니즘, 마르
크스주의 페미니즘, 사회주의 페미니즘, 급진주의 페미니즘, 제

3세계 페미니즘으로 구분해서 이야기하는 사람들이 있다. 그렇다면 제3세계에는 마르크스주의나 자유주의가 없다는 말인가? 마치 인간은 남성과 여성, 그리고 아줌마로 구분되듯이? 이를테면 나는 대학 시간 강사일 때 '여성과 인권'이라는 강좌를 맡았는데, 이미 이 강좌의 제목은 여성과 인간은 배타적 범주라고 전제하고 있다.

여성으로서 겪는 공통의 경험은 '적다'. 그러나 한 개인이 여성으로 간주되는 상황 탓에 겪게 되는 고통, 분노, 무기력, 희열, 깨달음, 욕망은 여기 다 적을 수 없는, 그야말로 인류의 역사 그 자체로서 혼돈에 가까운 복잡성을 지닌다. 흔히 말하는 '여성 문제(women's problem)'는 실상 사회와 남성의 문제이고 이것이 '여성 문제(women's question)'의 본질이다.

내가 생각하는 지식으로서 페미니즘의 가장 큰 매력은 나 자신을 설명할 수 있는 언어를 준다는 점이지만, 페미니즘의 정수는 스스로 내파와 파생을 거듭하는 지식이라는 데 있다. 이 변화는 멈출 수가 없다. 왜냐하면 여성의 현실, 그리고 현실의 운동이 끊임없이 언어를 요구하기 때문이다. 마르크스주의를 비롯해 모든 진보적 사상이 그러하다. 지식은 현실의 필요에 의한 것이지 유행을 타는 공부가 아니다. '한물가거나' '이제는 필요 없는' 페미니스트는 있을지 몰라도 페미니즘 자체가 그럴 일은 절대 없다. 이 과정이 진화다. 아직도 혁명과 개량, 진화와 일상을 이분법적으로 이해하는 이들이 있다면 어쩔 수 없다. 페미니즘은 불편함, 혁명, 폭동, 똑똑해서 미친 여자들의 병이 아니라 다른 모든 사상처럼 인류 문명의 수많은 소산 중 하나이며 진화, 즉 적응해야 하는 인간의 모습을 반영한다.

다만 성별 문제는 너무나 정치적이고, 무의식적이고, 일상적이고, 오래되어서 남녀 모두 '놀라는' 것뿐이다. 《빨래하는 페미니즘》은 이처럼 격렬한 현실을 정확하고 올바르게, 그리고 쉽게 안내해준다. 이 책이 '리더스 다이제스트'로 읽힐 우려가 아예 없는 것은 아니다. 그러나 누군가 내게 '내 생애 첫 번째 페미니즘' 책을 추천하라고 한다면 스테퍼니 스탈의 경험을 권하겠다. (물론 여기 소개된 원서부터 먼저 찾아보고 읽어야 한다!)

사족: 저자의 남편은 이 정도면 썩 괜찮은 남자다. 그러나 "여보, 일회용 반창고가 어디 있는지 알아?"(43쪽)를 여전히 외친다. 《게으른 남편─너만 쉬고 싶니? 이 나쁜 남편 놈아!》라는 책이 생각나서 쓴웃음이 나왔다. 사실 '남성다움'의 가장 큰 특징은 흔히 생각하듯 폭력성이라기보다 게으르고 실없는 말이 많다는 점이다. 이것은 내 의견이 아니라 미국 드라마 〈로 앤 오더〉 속 대사다.

여성도 한국인도 아닌

기지촌의 그늘을 넘어 _ 여지연

미국 남성과 결혼한 한국 여성은 한국인인가 미국인인가?
물론 미국 여성과 결혼한 한국 남성에게는 이런 질문이 제기
되지도 않을 것이다. 혈연적 민족 국가의 지속은 여성의 성
(sexuality)을 매개함으로써, 정확히 말하면 통제함으로써만 가
능하다. '단일 민족'을 지속시키려면 한국 여성이 외국 남성과
결혼(섹스)하지 말아야 한다. 이 때문에 오랜 세월 한국 사회에
서 국제 결혼은 '오염'으로 의미화해 '혼혈'로 불렸다. (같은 민
족끼리 결혼해도 피가 '섞이는' 것은 마찬가지인데 말이다.) 그래서
외국인, 그것도 남의 나라에 주둔('점령')한 군인과 결혼해 미국
으로 건너간 군인 아내나 주한 미군을 상대하는 '기지촌 성매
매 여성'은 '한미 동맹의 아랫도리'라고 불리며 극단적인 혐오의
대상이 돼 왔다. 그러나 한국 남성과 외국 여성의 결혼이나 성
적 결합은 이 정도로 금기시되지 않으며, 오히려 '정복'으로 미

화되거나 장려된다. (이승만 전 대통령과 프란체스카 여사의 경우나 외국 여성과 결혼하는 '농촌 총각'을 대하는 한국 사회의 태도를 생각해보라.)

이는 성별화(性別化)된 제국주의의 결과이기도 했다. 기존 국제정치학에서 한미 동맹은 후견국(patron)이 피후견국(client)의 안보를 보증하는 대신, 피후견국은 후견국의 패권을 인정하고 분담금을 내는 동맹 관계의 '모범'으로서 전형적인 보호자-피보호자의 관계로 자주 인용되는 사례다. 지난 70년 동안 한미 관계는 성별화된 상태로 피보호국인 한국은 '여성'으로, 후견국인 미국은 '남성'으로 여겨져 왔다. 또한 남한 사회에서 기지촌은 미군의 남성성에 위압당한 여성화된 존재로서 한국 남성의 심리적 외상을 상징했다. 남정현의 〈분지〉, 신동엽의 〈금강〉처럼 이른바 '민족 문학의 고전'은 한국 남성의 트라우마를 '민족의 자존심'으로 치환하는 작업이었다.

개인적인 것은 국제적인 것

6·25전쟁 이후 1989년까지 주한 미군과 결혼해 미국으로 이주한 군인 아내는 9만 명으로 추산된다. 특히 1962~1968년에 미국으로 이민 온 한국 여성은 전체 이민자의 39.4퍼센트로 단일 집단으로서는 최대 규모였다고 한다. 1970, 1980년대에도 해마다 약 4천 명의 한국 여성이 군인 아내로서 미국으로 이주

했다.

재미 여성주의 역사학자 여지연 교수(노스웨스턴대학)는 군인 아내들의 생애사(life history)를 통해 여성과 디아스포라(이산자, 離散者)의 관점에서 한국 현대사를 다시 썼다. 한국어 번역서의 제목은 이렇다. '기지촌의 그늘을 넘어―미국으로 건너간 한국인 군인 아내들의 이야기'(원제 'Beyond the Shadow of Camptown―Korean Military Brides in America'). 미군과 결혼한 여성들은 국가와 가족에게 버림받고, 군인과 결혼하지 않은 다른 한국 이민자에게 멸시받으면서도 한국인으로서 정체성을 잃지 않고 자신들만의 커뮤니티를 만들어 미국 사회에서 한국인으로 인정받고자 노력했다. 그러나 저자의 관점은 이들이 '애국자'임을 주장하는 데 있지 않고, 근대 국가 체제에 대한 비판적 시각에서 이들의 존재와 저항의 정치적 의미를 질문한다. 이 책의 의미는 단지 냉전과 한미 동맹의 이면으로서 군인 아내의 이주라는 숨겨진 역사를 복원하는 차원에서 멈추지 않는다. 저자는 제국주의 전쟁, 그리고 이에 맞서 식민지 해방 투쟁을 거쳐 독립 국가가 건설되는 과정에 사회를 조직하는 원리로서 인종과 성별의 기능을 밝히고 있다.

이 책은 결혼과 같은 '사적인' 경험과 국제정치학, 일상사와 한국 현대사, 식민 경험과 해방이라는 이분법적 사고를 뛰어넘는다. "개인적인 것이 정치적인 것이다."라는 기존의 여성주의 정치학을 한층 발전시켜, 일제 강점기 '군 위안부'나 광복 후 주한 미군과 결혼한 여성은 비극적인 전쟁의 '부산물' 혹은 역사의 종속 변수가 아니라 주체적 행위자(agent)라는 것이다. 저자는 "개인적인 것은 국제적인 것이다(the personal is the global)." 라고 역설한다.

군 위안부와 기지촌 여성

미국 사회에서 미군의 한국인 아내들은 여성도 한국인도 아닌 경계인이다. 이들은 백인 중산층 중심의 여성 범주에 속할 수 없으며, 남성 중심의 한국인 범주에도 속할 수 없었다. 저자는 우리 역사에서 이들의 존재가 비가시화된 것은 명백한 정치적 의도에 따른 것이라고 본다. 기지촌 여성에 대한 한국 사회의 엄청난 경멸감은 보편적인 가부장제 관행이나 인종적 자부심만으로는 설명되지 않는다는 것이다.

이러한 상황은 8·15 '해방' 이후에도 탈(脫)식민화되지 못한 한국 사회의 상황과 관련이 있다. 일제 강점기 '군 위안부'는 제국주의 침략의 순결한 희생자로 여겨지지만, 기지촌 여성은 여전히 '사회적 천민'으로 남아 있다. 이것은 여성에 대한 폭력(violence against women)을 '강제적인' 성폭력(군 위안부)과 '자발적인(?)' 성매매(기지촌 여성)로 구분하는 남성 중심적 시각 때문이기도 하다. '군 위안부'와 달리 기지촌 여성은 떳떳하지 못하다. 아니, 떳떳할 수가 없었다. 한국 사회에서 일본은 청산해야 할 식민주의자이며, 독도 분쟁의 예에서 보듯이 침략 욕망을 버리지 못한 음험한 제국주의자다. 하지만 미국은 감사해야 할 동맹이자 우방이며, 미국의 자유와 물질적 풍요는 선망의 대상이고 경쟁해야 할 이상으로 간주된다. 저자에 따르면 한국인이 기지촌 여성을 군대 성매매의 희생양이자 현대판 위안부로 이해하는 것은 한국 사회 스스로 주권 국가 환상을 깨는 정신적 탈식민이 요구되는 일이다.

또한 이 책의 주인공들은 근대 국가의 모순을 극명하게 증명하고 있다. 국민은 태어나는 것이 아니라 선택과 배제, 추방과 포섭의 정치적 과정을 거쳐 만들어진다. 우리는 재미 동포나 재일 동포를 '조선족'이라고 부르지 않는다. 재중 동포만 조선족이다. '같은 세포'라는 의미의 '동포(同胞)'가 모두 한국인은 아닌 것이다. 한국 사회는 '잘나가는' 동포만 한국인으로 간주하고, 그들이 자신을 얼마나 한국인으로 정체화하고 있는지에 목숨을 건다. 미식축구 스타인 하인즈 워드 선수가 한국 혈통임을 자랑스럽게 여기는지 아닌지에 온 국민이 촉각을 곤두세우며 상처받았다가 열광했다가 하는 식이다. (그는 아버지가 주한미군이었고 어머니가 한국인이었다.)

기지촌 여성이나 미국으로 이주한 군인 아내를 향한 혐오와 비하는 단일 민족 국가라는 자부심과 열망이 실은 우리 사회 안팎의 다름에 대한 차별과 폭력을 통해서만 실현 가능하다는 것을 보여준다. 이처럼 균질적인 국민으로 구성됐다고 상상되는 국민 국가 내부의 성별, 인종, 계급 차이로 인한 갈등과 고통은 군인 아내들의 몸에 고스란히 체현됐다. 저자는 심층 인터뷰를 통해 한국뿐 아니라 미국에서도 환영받지 못했고 '민간 외교관'과 '양공주'라는 이중 메시지에 시달렸던 군인 아내들의 삶을 소수자를 향한 애정과 여성주의와 탈식민주의라는 정치적 감각으로 재현하는 작업을 최초로 해냈다.

변화하는 한미 관계와 한국의 남성성

1990년대 중반 이후 한국의 기지촌은 더는 '민족 모순'의 공간이 아니라 성산업 종사자의 다수가 동남아시아 출신 이주 여성인 국제적인 성매매 시장이 되었다. 이제 한국은 미국과의 관계에서 '여자 팔아 나라를 지키지 않아도 될 만큼' 정치 경제적으로 성장했다. 노무현 정부 시절의 자주 국방론은 이러한 변화를 반영한 것이었다. 1970년대 박정희 정권의 자주 국방 정책이 '미국의 도움 없는 대북 단독 방어'를 의미한 데 반해, 2000년대 자주 국방론은 북한과의 관계에서는 자신감을 나타내고, '보호자'였던 미국에게는 '동북아 균형자로서' '팍스 코리아나를 꿈꾸며' 한국을 인정할 것을 요구한 것이다.

그러나 자주 국방의 양대 프로그램인 한국군 현대화와 전시군 작전권 환수는 실제 미국의 필요에 따라 미국이 먼저 제안한 것이다. 냉전 이후 중국을 겨냥한 미국의 동아시아 전략은 한국 방위에 발이 묶이는 현재의 한미연합사령부 체제 해체와 한국의 방위비 분담(미국산 무기 구매)을 요구한다. 즉 이런 형태의 자주 국방은 미국 중심의 집단 안보 체제에 편입되는 과정으로서 미국의 용병 국가화 요구를 따르는 것이다.

요컨대 한국은 여전히 미국의 식민지다. 문제는 이러한 식민화 과정이 점점 더 한국 사회가 스스로 '선택'하는 주체적 종속의 형태를 띠고 있다는 점이다. 이제는 '기지촌의 어둠을 넘어'를 '넘어', 변화하는 한미 관계에서 한국 사회의 남성성을 분석해야 할 때다. 이 책은 언제나 미국과의 관계 속에서 우리 자신을 설명해 왔던 한국 현대사를 성찰하는 작업의 정초(定礎)를 제공한다.

군 위안부 운동의 '희비극'

제국의 위안부 _ 박유하

　진상 규명(facts finding). 이 단어는 지난 30여 년 동안 군 '위안부' 운동에서 가장 많이, 그리고 가장 절실하게 사용된 표현일 것이다. 일제 강점기 여성들이 겪었던 숨겨진 고통, 오랜 수치심의 정체, 기억과의 투쟁, 가해자는 누구이고 가해 구조는 무엇인지, 피해의 범위는 어디까지인지, 피해의 성격은 무엇인지……. 가해국이 규명하고 사과해야 할 모든 것을 피해국의 생존자와 그들을 돕는 사회 운동이 해냈다. 군 '위안부' 문제는 '민족의 수치'에서 보편적 인권 문제로 국제 사회에 의제화하는 데 크게 기여했고, 이 문제가 식민 통치의 유산이라는 데 사회적 합의를 이루었다. '어느 정도' 진상 규명이 이루어지고 있는 과정인 것이다.

　처음 박유하 교수의 《제국의 위안부》를 읽었을 때 다소 놀란 것은 사실이다. 이유는 크게 세 가지였다. 부적절하고 과격

한 표현, 저자가 상정한 독자가 누구인지에 대한 의문, 그리고 문체의 자신감이 그것이다. 가장 당황스러웠던 지점은 저자 자신과 독자에 대한 저자의 생각이었다. 군 '위안부' 이슈를 다루는 한국 여성(의 몸)은 자신의 위치성 혹은 당파성을 생각하지 않을 수 없다. 그런데 저자는 보편적 주체 같아 보였다. '할머니'들이 "일본군과 동지 의식, 사랑을 나눈 경우도 있다."는 주장은 부분적 진실일 수 있다. 그런데 이 이야기가 누구에게 중요한 것일까? 당시 한국 남성? 일본 남성? 한국 여성? 일본 여성? 당대의 한일 관계?

글에 목적의식이 분명하지 않을 때 이 책은 군 '위안부'의 진상 규명을 두려워하는 이들에게 '한국 여성 저자'라는 정당성을 부여함으로써 엉뚱한 근거를 제공할 수 있다. 이 문제는 검찰의 기소 결정에 항의 성명을 낸 한국 '지식인' 190명에게도 적용되는데, '표현', '학문', '자유'는 찬반의 문제가 아니라 담론 효과의 차원에서 살펴야 하는 문제이고 '편하게' 주장할 수만은 없는 정치학의 영역임을 잊어서는 안 된다. 이 책은 법원 결정에 따라 34곳이 "○○○○○○"로 삭제 표시된 채 재출간되었다. '제2판 34곳 삭제판'은 "이 책의 '삭제판' 출간이라는 오늘의 출판 현실에 주목하여"라는 문구가 들어간 띠지를 두르고 있었다. 이 사건은 학문의 자유와 그 침해로 논의되면서 띠지의 표현대로 "법정에서 광장으로!" 가야 한다는 쉬운 '정답'으로 귀결되었다.

나는 한국 사회에 공론장이 있다고 생각하지 않는다. 공론장이 있다 해도 이 문제를 공정하게 다룰 수 없다. 한국의 지식 사회는 '여성주의자'를 포함해 젠더, 여성에 대한 폭력에 너무나 무지하다. 제대로 된 토론이 이루어질 수 없다. '토론과 대화를 통해서'라는 아름다운 말 이전에, 나는 왜 토론이 불가능한지를 먼저 토론해야 한다고 생각한다.

텍스트

내가 이해하기에 《제국의 위안부》의 주장은 이 운동을 주도해 온 '한국정신대문제대책협의회(The Korean Council for Women Drafted for Military Sexual Slavery by Japan)'의 '강제로 끌려간(drafted)'과 '전쟁 성노예(sexual slavery)' 비판에 초점이 있다. 즉 강제성에는 큰 편차가 있으며 군 '위안부'를 성노예나 성폭력 피해자로만 보는 것은 무리가 있고 성판매 성격이 혼재되어 있다는 것이다. 저자는 20만 명이라는 숫자, 일본군에 의한 강제 동원, 근로정신대와 위안부의 혼동, 한국인 알선업자의 역할, 증언의 일반화 등 기존의 군 '위안부' 담론을 비판한다. 한마디로 "법적 책임의 도그마에서 벗어나야"(《한겨레》, 2016년 2월 6일자) 한다는 것이다.

그러나 이러한 지적은 전반적으로 기존 연구에서도 모두 주장된 내용이다. 이 책은 새롭지 않다. 정대협 설립(1990년) 9년

전 1981년에 쓰인 《정신대》*부터 출간된 거의 모든 관련서(정대협 간행물, 증언집 시리즈, 한국에서 생산된 학위 논문, 단행본)와 《제국의 위안부》가 크게 충돌하는 부분은 없다. 물론 군 '위안부' 문제를 식민 지배의 피해로 가시화하는 운동 과정에서 문제점이 없을 리 없다('어려운 상황'의 사회 운동을 비판하는 것이야말로 성역 중의 성역이다). 결국 기존의 연구물이나 《제국의 위안부》의 내용은 모두 부분적인 진실이며, 나는 둘 다 부분적으로 동의한다. 문제는 향후 다른 시각, 방법론, 쟁점의 모색이 필요한 것이지 '이제 와서' 전시 성폭력의 성격 자체를 문제 삼는 논쟁은 생존자들의 피해와 헌신, 연구와 운동의 성과를 원점으로 돌리는 행위다. 이 책의 '성과'가 있다면, 정대협의 문제적인 운동 방식을 더욱 합리화해주었다는 점이다. '적대적 공존'이랄까.

오히려 저자가 주요 근거로 삼고 있는 센다 가코의 《종군위안부-소리 없는 팔만 여성의 고발》(1973년)은 1991년 한국에서 '종군위안부'(이송희 옮김, 백서방)라는 제목으로 번역 출간되었는데, 센다 가코의 서문은 《제국의 위안부》의 논조와 사뭇 다르다. 그는 '대일본 제국 육군의 치부 '종군 위안부'를 쫓아서'에서 강제성과 성노예임을 분명히 하고 있다. "종군 위안부는 군의 명령에 의해 전장으로 끌려가 제1선 장병들의 성욕 처리 용

---

* 이 책의 출판 표기 사항은 "《정신대》, 김정면 지음, 임종국 옮김, 일월서각, 1992년 1월 30일 발행"으로 되어 있다. 그러나 김정면의 인적 사항은 표기되어 있지 않고 편저자 임종국의 후기는 "1981년 6월"에 "이 잔혹의 기록을 정리하면서"라는 제목으로 적혀 있다.

구로서 이용되었던 여성"(12쪽)이라고 썼다.

가장 비생산적인 논의는 팩트(facts)를 둘러싼 싸움이다. 이 문제에 개입된 모든 이들이 각자의 참고 문헌을 들고 자기만의 증인('할머니')을 내세운다. "내가 들은 것은 이렇다.", "나는 여러 명을 몇 번 만났다.", "내가 가진 자료가 가장 안 알려진 것이다."라는 식의 주장으로는 생산적인 '출발'에 이를 수 없다. 모든 자료는 선택적이다. 피해 여성의 증언은 그 자체로 역사의 증거가 되는 것이 아니라 듣는 자의 자료 해석 방식, 맥락화 방식을 드러내는 것일 뿐이다.

한국의 '지식인' 사회는 자신의 주장을 (생각 없이) '선포'하는 경향이 있다. 이번 사태에서 《제국의 위안부》에 대한 사법적 판단이나 비판을 곧바로 '학문의 자유'로 연결하는 관성이 대표적이다. 나 역시 사법 처리에는 반대한다. 그러나 여성에 대한 폭력이나 홀로코스트 피해자의 증언을 반박하는 책을 학문의 자유 문제로 연결하는 것은 안이한 발상이다. 이 사안은 국가보안법 위반 혐의로 고발되었던 강정구 교수나 소설이 외설적이라는 이유로 기소되었던 작가 장정일의 사례와 다르다. 무엇이 학문이고 어디까지가 자유의 영역인지 생각해봐야 하지 않을까. 학문의 자유가 보장하는 지적인 상상력은 자유의 의지에 의해 획득되는 것이 아니라 자신의 사회적 포지션을 이동시킬 때 가능하다. 군 '위안부'의 '부분적 진실', 지금도 여전한 '여성 폭력'에 관한 이해나 사전 공부가 있었다면 다른 식의 항의가 가능했을지도 모른다.

컨텍스트

《제국의 위안부》를 둘러싼 일련의 상황을 만든 일등 공신은
박근혜 정부다. 2013년 첫 출간 당시에는 전작《화해를 위해서》
(2005년)보다도 관심이 덜했다. 알려졌다시피《제국의 위안부》
는 2014년 6월 11일 〈KBS 뉴스〉를 통해 당시 문창극 국무총리
후보자의 친일 발언("일본 식민 지배는 하느님의 뜻"……) 동영상
이 공개된 후 여론에 의해 소환되어 '마녀사냥'에 가까운 포화
를 맞았다. 당시 논란은 대(對) 중국, 북한을 겨냥한 선제 공격
개념의 미사일 방어 체제(MD) 구축, 한미일 동맹에 끼기 위한
박근혜 정권의 레버리지로 발전했다. 정부는 식민지 시대 여성
의 피해를 효과적인 외교 카드로 활용했다. 저자의 의도인 "우
리 내부를 성찰한" 책이 본의 아니게 아베 정권을 도와준 모양
새가 된 것이다.

이토록 컨텍스트가 텍스트를 완벽하게 장악한 사례도 드물
것이다. 가부장제 사회에서 '여성 문제'는 독자적인 정치적 의제
가 되지 못하고 언제나 기존 정치의 궤도에서 승강(乘降)을 반
복한다. 이 책은 극적인 롤러코스터를 탄 셈이다.

《제국의 위안부》는 지구상의 다른 책과 마찬가지로 오류와
미지의 가능성을 안고 태어난 평범한 담론이다. 그러나 지금까

지 이 책은 한일 관계, 한국의 군 '위안부' 운동의 탈식민 과제, 한국 지식인 사회의 젠더에 대한 무지, 여성학과 여성주의의 위상, 서벌턴(subaltern) 연구에서 윤리 문제, 일본과 한국에서 저자의 위상 차이, 미국의 동아시아 미사일 배치까지 수많은 문제 제기를 촉발했다.

내 입장에서 가장 중요한 지점은 앞에서도 지적한 대로 저자의 위치성과 다학제(多學制) 방식의 연구에서 여성주의의 위치에 관한 것이다. 이 책의 저자는 여성, 한국인, 교수이다. 한국 여성이라는 포지션이 책의 내용을 결정했다 해도 과언이 아니다. 군 '위안부'에 대한 모욕과 멸시는 일본 남성이든 한국 남성이든 식민 시기부터 지금까지 지속되고 있는 가부장제의 일상이다. 이것이 여성의 지위다. 정대협 운동을 '더럽다'고 욕을 하는 '할아버지'들이 아직도 많다. 여성과 여성의 성을 비하하고 혐오하는 발화는 한국 남성 지식인도 예외가 아닌데, 맥락은 완전히 다르지만 페미니스트를 표방한 여성 대학 교수가 남성 사회의 워딩(wording)을 '똑같이' 사용하자 지지와 분노가 동시에 폭발한 것이다.

저자는 KBS와 한 인터뷰에서 "철저한 젠더 이론에 입각해서 이 책을 썼고 항소할 것이다."라고 말했다. 누가 페미니스트인지 아닌지 판단할 리트머스 시험지는 없다. 판관은 더더욱 있을 수 없다. 하지만 내 질문은 이것이다. 누구든 여성(female) 연구자가 젠더 문제를 다루면 저절로 여성주의(feminist) 연구자가 되는가?

전쟁과 여성의 몸

이 타락한 시대에는 전쟁조차 무기력하게 수행되고 있다. 자비가 주어져 마을은 접수되고, 사람들은 목숨을 부지하고 있었다. 폭풍 속에서조차 여인들은 강간이라는 재미(benefit)를 기대할 수 없게 되었다. – 필립 체스터필드 백작, 1757년[*]

종교전쟁과 나폴레옹전쟁과 제1차 세계대전에 이르기까지 근대 이전의 전쟁은 주로 용병이 수행한 제한(制限) 전쟁이었다. 총력전, 전면전, 절멸전은 근대 국민 국가의 특징이다. 제한 전쟁에서 병사들은 명령의 기다림, 기나긴 상호 대치 같은 지루한 시간을 견뎌야 한다. 위에 인용한 내용은 이에 대한 불평을 아버지가 아들에게 토로한 (유명한) 편지의 일부다. 이 인용문은 두 가지 의미가 있다. 하나는 전시 강간은 전쟁의 일부라는 분명한 사실이고, 다른 하나는 평상시 인식과 마찬가지로 "여성은 강간을 원한다."는 남성 중심적 사고를 읽을 수 있다는 점이다.

적국 여성에 대한 성폭력이 공식적 전쟁 전략의 일부라는 사

---

[*]《현대국제정치론》, 한스 J. 모겐소 지음, 이호재 옮김, 법문사, 1987년, 479쪽.

실은 전쟁, 군사, 국제 정치와 관련한 모든 담론의 기본이다. 상대국 여성에 대한 성폭력은 상대국 남성에게 "너희는 여자를 보호할 수 없다."는 모멸감을 주고, 자국 남성의 전의(戰意)를 고양하며, 상대국의 재생산 기능과 공동체를 파괴하는 매우 효과적인 전술이다. 전시의 집단 강간(mass rape)은 인종 청소(ethnic cleansing)에서 여성은 살해하지 않는다는 전쟁의 성별성(gender)을 말해준다.

전쟁은 상대편을 절멸하거나 항복시키는 행위다. 그러나 성별에 따라 방식은 다르다. 남성도 죽이고 여성도 죽이지만, 여성을 죽이는 방법은 강간하는 것이다. 강간은 패전국 여성에게 사회적 죽음이고, 전승국에게는 전리품 획득이다. 노동력 착취는 물론이고 강간으로 여성이 적국의 아이를 출산하는 것은 승전국의 영토 확장, 국가 건설을 의미한다.

일본의 한반도 침략은 미국의 이라크 침공이나 보스니아 내전 같은 형태가 아니었다. 일제의 한국 여성에 대한 성폭력은 한반도 현지에서 직접 이루어진 대량 강간 형식보다는 군수품으로 동원한 방식으로 이루어졌다.

알선업자가 의미하는 것

군 '위안부' 제도는 그것이 군대 성매매든 성폭력이든 일본군과 사랑을 했든 억압과 죽음의 희생자였던 간에 여성에 대한 폭력(violence against women)이다.* 폭력인가 매매인가라는 부질없는 논쟁에서 벗어나는 방법 중 하나는 알선업자의 성격을 규명하는 것이다. '군대가 강제로 끌고 간 소녀'와 '알선업자 근처의 잠재적 매춘 여성들'의 구분.《제국의 위안부》논쟁도 여기서 출발했다.

군 조직은 일종의 완결된 국가다. 군대에는 군인과 무기만 있는 것이 아니라 '대학부터 매점까지' 다 있다. 행정, 간호, 전산, 의료, 의식주 등 전투 업무를 뒷받침하는 병참(兵站) 분야에 속한 이들의 일은 민간인의 일상과 비슷하다. 군무원(軍務員), 군속(軍屬)이 그들이다. 더구나 현대전(기술전) 시대 이전이었던 일제 강점기 당시 남의 나라에 주둔한 군국주의 국가의 조직에서 군대, 군속, 행정('순사') 등 국가 권력 간의 차이는 지금 상황과 크게 달랐다. 훨씬 연속적이고 동질적이다. 한국인 업자와 일본 군대로 뚜렷이 구분되지 않았다는 것이다. '위안부' 동원은 민간, 군, 행정 기관의 상호 비호와 협조 없이는 불가능한 일이었다. 국가 권력으로서 알선업자. 나는 이 말이 키워드라고 생각한다.

또한 우리 사회가 다루어야 하는 가장 중요한 문제는 순수하게 상업적인 알선이든 군대에서 위탁받은 업자든 군속의 꼬임

---

* 1993년 12월 UN총회에서는 '여성에 대한 폭력 철폐 선언(Declaration of the Elimination of Violence against Women)'을 채택했다. 여성 폭력의 종류와 성격, 이를 둘러싼 한국 사회의 논쟁에 대해서는 '인권과 평화의 관점에서 본 여성에 대한 폭력',《성폭력을 다시 쓴다》, 정희진 엮음, 한울, 2003년을 참조하라.

에 넘어간 동원이든 군대 트럭에 의한 납치든 동원의 성별성이다. 성산업에서 '포주(抱主)'는 정확한 역할을 표현하는 말이지만 어감이 좋지 않으니 에이젠트(agent)라고 하자. 이들은 이른바 알선업자, 대리상(代理商)이다. 남의 일이 잘되도록 주선하는 행위는 일상에서도 우리가 흔히 경험하는 바다. 예를 들어 나는 컴퓨터를 잘 몰라서 지인에게 대신 구매를 부탁할 수 있다.

이처럼 알선업자, 대리상이 취급하는 대상은 상품이나 인간의 노동력(용역)이지, 인간 자체가 아니다. 성매매가 노동이냐 폭력의 한 형태냐는 논쟁에도 가장 중요한 이슈가 삭제되어 있다. 이것은 여성이 인간이 아니라 상품이라는 현실을 당연시하는 사고방식이다. 성매매에서 거래되는 것은 여성의 노동이 아니라 여성의 몸 자체다. 강제가 아니고 "자발적으로 돈을 벌러 갔다."는 입장을 강조하는 것은 군 '위안부'에 대한 다양한 이론(異論)이 아니라 가부장제 사회에서 여성의 성에 대한 무지를 드러내는 것이다.

성매매, 성폭력 제도의 본질적 공통점은 남성의 성은 남성의 몸에서 분리되지 않지만 여성의 성은 여성의 몸에서 분리된다는 점이다. 남성의 성은 남성 개인의 몸에 소속되어 있다. 여성의 성은 여성 자신의 것이 아니라 국가, 가족, 그리고 그녀의 소유자인 남성의 자원이거나 상징이다. 남성의 성과 달리 여성의 성은 대상화된다. 유통, 기부, 거래, 순환 등 교환 가치를 지닌다. 남성 간 정치의 매개물이 되거나 강자들의 싸움터(battle ground)로 제공된다. 우리가 성 상품화, 여성의 대상화라고 부르는 현실이 이것이다. 내가 스스로 팔든 남에게 팔리든, 성매매는 여성이 인간이 아니라 인간의 물건(object)이 됨을 의미한다.

거듭 강조하건대 알선업자들이 다루는 것은 상품이다. 그렇다면 그것이 강제냐 아니냐 혹은 협의의 강제성이냐 광의의 강제성이냐가 그렇게 중요한 문제일까. 문제는 강제성 여부라기보다는 전쟁에서의 철저한 성별 분업에 있는 것이 아닐까? 강제성 담론은 여성 인권의 시각에서 보면 문제의 본질을 비껴가게 만드는 '맥거핀'이다. 왜 남성의 성은 여성을 위해 강제든 자발이든 봉사하지 않는가? 왜 국가든 알선업자든 남성의 성을 매매하는 제도는 만들지 않는가? 이 질문이 황당한가? 자발적 '담요 부대'든 납치든 여성의 성을 종군(從軍)의 상수(常數)로 놓는 전제부터 문제시하는 논의를 시작하자.

3장

몸의 평화가
깨지는 순간

가장 글로컬했던 근대인

대화 _ 리영희

《대화》를 읽고 리영희를 한국 최초의 평화학자라고 생각했다. 그의 삶은 인생의 매 순간을 새롭게 살고 싶은 사람이라면 누구나 몰두해보고 싶을 만큼 매력적이다. 이것은 그가 뛰어난 비판적 지식인인 까닭도 있지만 그보다는 유치환의 시에 등장하는 '바람'처럼 평생을 "쉼 없이 뉘우치고 탄식하고 회의하고 헤맸기" 때문이다. 그의 사상에는 정박의 흔적이 없다.

평화는 변화이다. 폭력의 반대말은 평화라기보다는 '대화'인데, 여기서 대화는 비폭력이 아니라 오히려 기존 관계의 격렬한 (violent) 변화를 뜻한다. '주례사 비평'을 피하기 위한 비판을 위한 비판, 경의의 헌사 모두 대화 단절의 언어이며 텍스트를 외롭게 만든다.

이제 쉰을 넘겼으며 페미니즘을 공부하는 내가 아홉 번의 연행, 다섯 번의 기소(유예), 세 번의 징역으로 점철된 한국 현대사를 대표하는 남성 지식인의 75년 생애에 대해 말한다는 것은 무슨 의미일까. 더구나 이 책은 자신에게 절대 관대하지 않은 '완벽주의자' 리영희가 "나의 지금 조건과 형편을 생각하면 이것으로도 대견하다는 생각이 솔직한 심정"(11쪽)이라고 말할 정도로 뇌출혈의 고통 속에서 탁월한 조타수 대담자 임헌영을 비롯한 수많은 이들의 도움을 받아 2년여의 구술과 고쳐 쓰기를 통해 완성되었다.

745쪽에 이르는 분량도 분량이지만 나는 행간마다 빼곡한 리영희의 삶의 밀도, 그리고 나와 저자의 위치(position)의 차이(세대, 성별……)가 만들어내는 경계의 긴장을 감당하지 못했다. 존경과 질시, 동지애와 착잡한 심정이 자석의 같은 극처럼 길항하는 것이다. 그와 동시대를 산 여성들—신여성, 기지촌 여성, 군 위안부, '여성'과 '지식인'을 양립할 수 없었던 여성 지식인 등—의 삶, 그리고 '피해자'인 그녀들과 크게 다르지 않은 나, 하지만 아직도 리영희 같은 '아버지의 언어'를 갈망하는 나…….

결국 나는 이 분열에 대해 쓴다. 모든 의미는 차이의 산물이며, 앓은 경계를 인식하는 데서 가능하다는 '진리'가 내게 이런 글을 쓸 수 있는 만용을 주었다. 텍스트와의 대화는 독자와 저자 간 갈등의 의미를 정치화함으로써 텍스트를 소통 가능한 역사 속에 위치시키는 것(mapping)이다.

이 책의 한 면, 한 면이 한국 현대사와 세계사의 '결정적 장면'이기 때문에 이 지면에서 책 내용을 요약하는 것은 불가능하다. 셰익스피어에 따르면 세상에는 세 가지 유형의 위대한 사람이 있다. 위대하게 태어나는 사람, 노력해서 위대해진 사람, 역사적으로 위대해지도록 조건 지워진 사람. 리영희는 두 번째와 세 번째 유형을 합쳐놓은 사람이며, 개인과 역사의 관계에 대한 어떤 전형이다.

《대화》는 리영희의 삶을 세 가지로 '요약'한다. 첫째, 그는 근대성에 대한 수많은 회의와 성차(性差)에도 불구하고 실사구시, 이성, 상식의 힘을 신뢰하고 그것들의 가치를 가장 바람직한 방식으로 실현한 행복한 근대인이다. 둘째, 그의 지성과 인식은 지난 40여 년 동안 한국 사회에서 쉽게 수용될 수 없는 것이었지만 동시에 사회적 산물이기도 하다.

인간에 대한 신뢰, 사람만이 지니는 의지의 아름다움. 나는 사람이란 오만하고 무서운 생물이며 기존 언어의 결과일 뿐이라고 생각해 왔기 때문에 이런 말을 촌스러워했고, 믿지 않았고, 사용하지 않았다. 하지만 이 책을 읽고 나서 어떠한 절대 권력 아래에서도 인간의 경험은 그 권력의 주조 방식을 넘어선다는 것을 알았다. 리영희가 그 증거이다. 셋째, 개인이 역사를 바꿀 수 있는 시대는 불행하지만, 그는 한 개인이 특정한 시대에 어느 정도까지 많은 일을 할 수 있는지 그 최대치를 보여준다.

또한 이 책은 지식의 생산과 유통을 둘러싼 권력과 언어의 도상학(圖像學, iconology)을 보여주는 지식 사회학서이기도 하다. 리영희는 이미 1960년대부터 지구/지역화(glo/calization)의 관점에서 한국 사회를 분석했다. 그가 탄압과 절망의 시절에도 신념을 지킬 수 있었던 것은 5개 국어를 구사할 수 있는 재능에 힘입어 세계사적 관점에서 한국 사회의 억압을 상대화하면서 새로운 미래를 예견할 수 있었기 때문이다. 이를테면 한국은 유신 시대지만 서구는 68혁명을 겪어내고 있다는 것을 알았던 그는 희망을 버리지 않았다.

또한 그가 시대를 이끈 사상가가 될 수 있었던 것은 주류 학문 밖에서 스스로 훈련했기 때문이다. 이런 점에서 그의 '짧은 학력'은 다행스러운 일이다. 과거보다 모든 것이 '안정된', 바꿔 말하면 '썩어 있는' 현재의 제도화된 학문 환경—지식 생산의 미국 중심성, 학벌 문화, 과도한 교수 권력, 지식인 사회의 폐쇄성과 패거리 정치, 분과학문 이기주의—의 변화가 없다면 당분간 리영희 같은 독창적이고 진정성 넘치는 탈식민주의 지식인은 탄생하기 어려울 것이다.

리영희는 보편과 초월을 욕망하는 여느 남성 지식인들과 다르게 '목소리(text)'는 '관계(con/text)' 속에서만 들린다는 사실을 너무나 잘 알고 있다. 그는 자신을 역사 '너머'가 아니라 철저히 역사 속에 위치시킨다. 중국학의 선구자이지만 자신의 전공은 중국 혁명이지 개혁, 개방 이후의 중국은 아니라고 선을 긋는다. 그의 사상이 시대의 소명을 다했다는 말이 아니라 소명은 역사적 맥락에서만 의미 있다는 주장이다.

역사적 맥락이란 독자와 저자의 차이이며, 그것이 바로 역사임을 《대화》만큼 잘 보여주는 책도 드물 것이다. 리영희가 글을 쓰는 유일한 목적은 '진실' 추구였고, 진실은 한 사람의 소유물일 수 없기에 그는 나누고 알리기 위한 사명에 평생을 바쳤다.

그는 지금의 젊은이들을 "앞 세대들이 심고 가꾼 열매를 권리처럼 여기면서 아무런 생각 없이 맛보고 있는 행복한 세대"(11쪽)라고 했지만, 나는 그런 세대에 속하기도 하고 그렇지 않기도 하다. '행복한 세대'의 삶의 상황은 동일하지 않기 때문이다. 나는 나 자신을 한 번도 지식인으로 정체화해본 적이 없으며, 내가 글을 쓰는 이유는 '계몽적'이기도 하지만 대부분은 나 자신을 설명하기 위해서이다. '지식인의 사명'은 동시에 욕망에서 비롯된 것이기도 하다.

지식인의 자의식은 대개는 중산층 계급 의식이며, 부정적인 의미의 정체성의 정치로서 매우 위험하다고 본다. 어떤 의미에서 그동안 한국 사회의 문제는 지식인의 역할 부재 때문이 아니라 지식인에게 부여되고 그들에게 기대하는 지나친 권력 때문이다. 나는 서울대 해체 운동을 지지하는데, 그런 관점에서 보면 이 책에 묘사된 해방 후 서울대생들의 '국대안(국립 서울대학교 설립안) 철폐 운동'은 좌파 엘리트들의 기득권 수호 운동이었다. 이 운동이 실패하면서 좌익계 학생들이 제적당하고 서북 청년단과 '자격 미달'인 지방 청년들이 서울대에 대거 입학한다. 바람직한 일 아닌가?

이 책에 드리운 '보편자 남성'의 그림자 두 가지. 《대화》는 자서전 성격을 띠기 때문에 저자의 의도와는 상관없이 다른 목소리들이 경합하지 않는 한 '객관적 역사'로 읽힐 우려가 있다. 이 책이 사실이 아니라는 의미가 아니다. 저자가 기억과 망각의 임계와 관점을 드러냈다면, 즉 자신의 주관성을 객관화했다면 이 책은 더욱 '객관적'인 사료가 되었을 것이다. 나는 모든 텍스트에서 '역사의 주인'보다는 뒤에서 주인을 주인이게끔 하는 보이지 않는 이들, 그리고 이들과 주인의 관계에 주목하는 편이다. 리영희는 30대 후반 약 2년간 원고지 4천 장이 넘는 논문 30여 편을 집필한다. 모두 매우 빼어난 글들이다. 놀랍고 존경스럽지만 지금 우리도 이렇게 생산성 있는 인간을 따라 배워야 할까? 물론 그는 충분히 성찰적인 남성이지만, 그의 위대함은 성별화된 공/사 영역 분리로 인해 보살핌 노동에서 면제된 남성 특권이 아니었다면 불가능했을 것이다. 여성이라면 결혼하지 않았어야 가능한 업적이 남성은 결혼했기 때문에 가능한 것이다.

하지만 그가 '차이의 정치학'을 체화한 보기 드문 남성 지식인이라는 점은 의심의 여지가 없다. 1988년 리영희는 당시 주한 미국 대사 제임스 릴리와 공개 논쟁을 벌인다. 릴리가 반미 데모를 하는 한국 학생들이 폭력적이고 '히트 앤드 런(치고 빠지기)'의 비겁한 수법을 쓰고 있다고 비난하자 그는 이렇게 논박한다. "약자는 상대방을 '히트'하고 '런'할 수밖에 없지만, 강자(미국)는 전 세계 어디서나 '히트'하고 '스테이'(stay, 주둔)한다."

(650, 651쪽)

당시 진보 진영의 전형적인 논리대로라면 한미 갈등을 국가 간 대립이나 보편 주체 간의 문제 혹은 '민족의 아픔'이나 '정당한 저항'이라고 했을 것이다. 멋지지 않은가? 구체성, 움직임, 위치의 정치성에 기반을 둔 그의 언어에는 당위적이거나 선언적인 논리가 없다.

침략국이 되지 못한
한국 남성의 '한'

1968년 2월 12일* _ 고경태

마르크스는 혁명이 세계사의 기관차라고 말했다. 그러나 사정은
그와는 아주 다를지 모른다. 어쩌면 혁명은 이 기차를 타고 여행하
는 사람들이 잡아당기는 비상 브레이크일 것이다. - 발터 베냐민

전쟁은 안개와 같다. - 로버트 맥너마라

인류 역사상 정상 국가(normal state)는 단 한 번도 실현된 적
이 없다. 역사에서 이 말이 실제인지 아닌지 확인하려 애쓸 필
요는 없다. '국가'는 논리적으로 불가능한 개념이기 때문이다.
하지만 인류는 여전히, 그리고 영원히 '제대로 된 국가'에 대한
꿈을 버리지 못할 것이다. 국제정치학 교과서에서 정상 국가는

---

* 이 책은 2020년 베트남어로 출간되었고, 2021년《베트남전쟁 1968년 2월 12일》
이라는 제목의 개정증보판이 나왔다. 2021년에 일본어판이 출간될 예정이다.

주권이 '있는' 국가, 즉 침략당하지 않은 상태의 자립 국가를 의미한다. 당연한 듯 보이는 이 언설은 섬뜩한 반전을 숨기고 있다. '현상 유지 상태'라는 의미의 'status quo'는 라틴어에서 유래한 표현으로서 자주 사용되는 영어 단어다. 국제 정치에서는 '전쟁 이전 상태(status quo antebellum)'라는 뜻으로 널리 쓰인다. '현상 유지'는 부정적인 어감의 단어다. 보수, 즉 진보하지 않는다는 의미다. 전쟁을 하는 것이 정상이고 전쟁을 하지 않는 상태가 현상 유지라는 것이다. 가만히 있음은 비정상이다.

"혁명은 세계사의 기관차"라는 마르크스의 말도 전쟁을 통한 전진과 의미가 다르지 않다. 전쟁이 적극적이고 능동적인 이미지인 데 반해, 평화가 수동적이고 지루한 이미지인 것도 이런 인식 때문이다. 전통적인 서구 철학에서 국가가 수행하는 전쟁은 마치 생명을 성장시키는 과정과 같다. 어느 정도 힘이 붙으면 전쟁은 확장의 운명을 지게 된다. 이것이 곧 문명의 발전과 진보로 이어진다. 국제 정치에서 가장 위험한 상태를 '힘의 공백(power vacuum)'으로 보는 것도 이 때문이다. 이른바 무주공산(無主空山) 상태는 전쟁을 불러오는 필연적 조건이므로 평화는 힘의 균형을 의미하고 국가 간에는 서로 넘볼 수 없는 군사력이 갖춰져야 한다. 즉 다른 나라와 군사력의 균형을 맞출 수 있는 상태에 있는 나라, 전쟁 수행 능력이 있는 나라가 정상 국가다.

한국 남성의 한(恨)이 바로 이것이다. 우리는 침략당하거나 보호받거나 저항하거나, 언제나 이런 상태였다. 한 번도 남을 침략해본 적이 없다. 한국인 중 일부는 이를 치욕으로 여긴다. 침략하지 않으면 침략당한다고 생각한다. 박정희는《국가와 혁명과 나》에서 이렇게 썼다. "단 한 번도 다른 나라를 침략해본 적이 없는 이런 민족사는 불태워 없애버려야 한다." 베트남전 참전은 말할 것도 없고, 민간인 학살을 두고도 한국 사회가 전반적으로 무관심하고 합의(사과)가 어려운 것은 이 때문이다. '해본 적 없는 촌놈들의 제국주의'에 대한 열망. 이 망탈리테는 남들이 보기엔 망상이지만 당사자들에겐 꿈이다. 휴머니즘이나 보편적 인권 개념만으로는 베트남에서 일어난 일들을 해석할 수 없다. 사유의 수원이 얕은 것이다.

《1968년 2월 12일》은 한 번도 제대로 다루지 못한 우리 사회의 전통적이고 역사적인 이슈 두 가지에 대한 문제 제기다. 하나는 앞서 말한 역사의 전진, 즉 '정상적 역사'에 관한 것이고 다른 하나는 '동시적 세계사' 관점의 서술 방식에 관한 것이다. 그리고 베트남전은 위 두 가지 문제에 대한 더할 나위 없는 '모범적 세계사'다.

"지구적으로 사고하고 지역적으로 행동하라."는 말은 지구화 시대의 훌륭한 모토처럼 반복되지만 여전히 보편 중심적인 언설이다. 이는 보편과 중심(전체 글로벌?)과 특수와 주변(지역 로컬?)의 대립을 반복하는 서구 중심적 사고다. 원래 보편성(지구적인 것)은 구성되고 파괴되기를 반복하는 운동이지, 선재(先

在)하는 것이 아니다. 뉴욕은 글로벌이고 사이공은 로컬인가? 뉴욕도 서울도 내부는 균질적이지 않다. 모두 '하나의(one of them)' 지방일 뿐이다. 영향력이 다른 것도 아니다. 상호 작용의 맥락(con/text)이 다를 뿐이다. 보편적인 것은 존재하지 않으며, 모든 것은 지역적인 것이다. 서구의 시각에서 자신은 중심이고 그 외는 지역인 것처럼 보이지만 그 렌즈로는 아무것도 볼 수 없다.

이 책은 지역적인 것들을 동등하게 다룬다. '서구의 제3세계 대외 정책과 그 영향' 같은 기원 서사는 없다. 응우옌티탄, 쩐반남, 박정희, 체 게바라, 다카하시 다케토모, 로버트 케네디 같은 사람이 모두 같은 위치에서 역사적 주체로 등장한다. 나의 과문함이 첫 번째 이유겠지만, 이 책처럼 각각의 지역사가 동시적으로 기술되고 로컬들 간의 관계가 글로벌을 구성하는 것을 보여주는 탈식민주의적 시각의 노작(勞作)은 —작가의 겸손한 표현대로 '미완'이라 할지라도— 적어도 한국 사회에 거의 없었다.

이러한 역사 서술 방식은 '군 위안부' 같은 전시 성노예와 민간인 학살이 역사(전쟁, 혁명, 국지전, 무력 갈등……)를 발전시키기 위한 과정에서 나타나는 불가피한 실수, 광기, 본능 같은 부작용(side effects)으로 보는 시각에 대한 저항이기도 하다. 이 '사소한' 문제들은 인간 본성도 부작용도 아니다. 이것 자체가 전쟁의 본질이고 목적이다. 민중 해방이든 민족 해방이든 반(反)근본주의 투쟁이든 명분이 무엇이든 간에 모든 전쟁의 형식은 민간인 학살을 위한 것이고 전쟁사는 이를 증명한다. 백병전 시대부터 기계가 군인인 첨단 기술전 시대에 이르기까지 언제나 전쟁으로 인한 인명 피해는 군인보다 민간인이 훨씬 많았으며, 적과의 전투로 인한 사상보다 전장 내부의 마을 간 상호 양민 학살이 전쟁을 빙자해 횡행했다. 한국 전쟁 역시 마찬가지였다. 평화로 가는 길이 따로 있지 않은 이유다. 전쟁은 왜 일어나는가? 안개와 같이 알 수 없는 복잡한 문제이기도 하지만 실제로는 간단하다. 우리가 원하기 때문이다.

2000년 6월 이 책의 저자를 비롯해 베트남에서 어린이와 여성을 학살한 한국군 문제를 집중적으로 취재해 온 〈한겨레〉 건물에 참전 '용사'들이 난입하여 집기를 부수고 폭행을 행사한 사건이 이 책의 모태가 되었다. 나도 잠시 그들을 겪었다. 그즈음 '한국인권재단'이 주최한 인권학술대회에서 베트남 학살 발표자와 면담을 요구하며 일군의 '용사'들이 행사장에 들이닥친 것이다. 그러나 내가 그들에게 느낀 것은 용사가 아니라 '상이용사(성)'였다. 두려움보다 슬픔을 느꼈다.

전쟁에 참가한 모든 한국인이나 일본인이 그런 것은 아니겠지만, '대동아 공영권' 시절 세계대전에 참전했던 일본 남성들은 '자신'의 범죄를 반성하거나 평화 운동가가 된 경우가 많은 반면 우리는 그런 경우가 거의 없다. 대부분 극우 세력이 되었다. 왜? 조국을 위해 싸웠기 때문이고, 그런데도 외면당했기 때문이다. 정상 국가가 되는 첫 번째 단계인 '우리가 처음 침략한 나라'가 되었는데 '빨갱이 몇몇을' 죽였다고 자신을 살인자로 몰다니. 그들 입장에서는 너무도 억울한 것이다. 반면 이미 '정상 국가'인 일본의 참전 군인들은 전쟁은 건국을 위해 성취해야 할 목표가 아니라는 것을 깨달은 제국의 상식적인 시민들이었다.

한국 사회에서 "역사를 잊은 민족에게 미래는 없다."는 말은 이미 신채호의 맥락을 떠나 주로 우리가 침략당한 사건을 상기하는 데만 동원된다. 피해자 민족주의도 문제지만 '역사', '민족', '미래'가 모두 복수(複數)의 의미라는 점에서 이 언설은 주장되어야 할 정언이 아니라 해석되어야 할 머리 아픈 문제다. 일단 누구의 역사인가, 민족 구성원의 이해는 동질적인가? 역사를 부정하는 것이 아니다. 다양한 역사가 경합하고 있는 현실을 이해해야 한다. 정권이 바뀔 때마다 교과서가 바뀌는 현실을 어떻게 이해해야 할까.

나는《1968년 2월 12일》이 '지금, 여기'에서 우리의 현실을 이해하는 데 기여하리라 믿는다. 내가 경험한 두 가지 역사의 현장을 소개한다. 강원도 A군(郡)은 다른 농촌 지역과 마찬가지로 아시아 각지에서 이주한 여성들과 일명 코시안들이 상당수 거주하고 있다. 이 여성들과 어린이들은 지역 사회의 지속과 발전에 결정적 역할을 맡고 있다. 몇 년 전 어느 날 지역 내 초등학교에서 고려 시대 원나라의 침략과 '삼별초의 난'에 관한 수업을 하던 중에 '한국' 어린이들이 평소 문제없이 지내던 몽골

인을 어머니로 둔 같은 학급 친구들을 "조상의 복수를 하겠다."
며 구타하는 사건이 일어났다. 1270년에 일어난 사건을 두고
말이다. 그때 고려인이 지금 한국인도 아니다. 국사를 가르쳐야
하는가 말아야 하는가를 질문했던 교사의 하소연이 기억에 남
는다.

2005년 각종 국제 영화제를 휩쓴 걸작 야스밀라 즈바니치 감
독의 영화 〈그르바비차〉는 보스니아 내전을 다룬다. 아버지가
'전쟁 영웅'이라고 철석같이 믿었던 소녀는 자신이 보스니아 내
전 중에 강간 수용소에서 세르비아 병사의 집단 강간으로 태어
났다는 사실을 알게 된다. 어머니는 강간당해 임신한 아이를 혼
자 키워 왔는데 전후 국가 유공자, 전쟁 피해자 피해 보상 문제
가 일어난다. 전쟁 피해자로 보상(이 영화에서는 수학여행 경비)을
받으려면 진실을 밝혀야 한다. 영화는 모녀 관계에 초점을 맞추
지만, 같이 영화를 본 거의 모든 여성들이 울었던 기억이 난다.
여성에게 국가란 무엇인가. 실제로 당시 세르비아 병사에게 강
간당한 수녀들의 경우 교황청의 지시에 따라 낙태를 하지 못하
고 수녀직을 박탈당한 채 강간범의 아이를 낳고 가톨릭 커뮤니
티에서 영원히 추방당했다.

문제는 이것이다. 개인인 한 인간이 정치적 범주(소속)에 따
라 강간범이 되기도 하고 참전 용사가 되기도 한다. 강간범은
파렴치하고 참전 군인은 위대한가? 피해 여성의 입장에서 둘
은 차이가 없다. 이 차이는 침략자들에게만 의미 있는 것이다.

베트남전에 참가한 한국 남성들은 한국 전쟁 이후 경제 부흥의 선구자인가, 미군과 월맹군 모두를 놀라게 한 '세상에서 가장 잔인한 인종'인가? 민간인 학살은 전쟁에 따르는 부수적 행동이 아니다. '전략촌'* 개념처럼 의도적인 경우가 대부분이고, 이는 인류 역사에서 가장 오래된 전쟁의 공식 전략이다.

인간은 무지하다. 그러나 역사의 소용돌이에서 어쩔 수 없이 벌어지는 일은 없다. 이 책은 불가피하게 희생된 피해자에게 인도적 차원의 사과와 용서를 구하는 책이 아니다. 그 반대 입장에서 논쟁이 시작되어야 한다. 역사가 전진한다는 것을 믿지 않지만, 이런 책의 존재는 항상 그렇지만은 않다는 위로를 준다. 알려졌다시피 베트남은 한중일과 더불어 세계 4대 한자 문화권 국가이다. 중국과 베트남 관계는 국제정치학 교재에 모델로 등장하는 강대국-약소국 평화 지속 관계의 모범이다. 베트남의 지혜가 낳은 결과다. 한미 관계는 비정상적 동맹의 모델로서 국제정치학의 '시조'인 한스 모겐소가 쓴 책 《국가 간의 정치》에서 등장한다. 우리는 베트남에게서 배울 것이 많다.

전략촌(戰略村, strategic hamlet) 베트남전 당시 미국과 베트남공화국(남베트남) 정부가 함께 시행한 정책. 농촌 인구를 일정 지역(전략촌)으로 이주시켜 남베트남민족해방전선의 군사 조직인 월맹군(베트콩)과 주민을 분리하고 지방에 대한 정부 통제를 강화하기 위한 것이었다.

픽션과 논픽션 사이의 소설가

인 콜드 블러드 _ 트루먼 커포티

나는 장르를 모른다. 내겐 언제나 목소리, 정치학, 입장, 관점이 중요하다. 그러니 예술에 무지하고 글 솜씨가 없을 수밖에. 트루먼 커포티의 《인 콜드 블러드》는 내 평생의 텍스트다. 너무 거창한가? 이 책 덕분에 '글', '나', '나의 글'에 대한 내 모든 관심사가 꺼지지 않고 연기(煙氣)를 피운다. 개가식 도서관의 색인 카드식으로 말한다면 책의 정보는 다음과 같다.

《티파니에서 아침을》 작가로 유명한 커포티의 《인 콜드 블러드》는 1959년 미국 캔자스 주의 작은 마을 홀컴에서 발생한 일가족 네 명 피살 실화를 6년간 집요하게 조사해 사건 발생 시점부터 범인의 사형 집행 시간까지 실시간으로 묘사한 '소설'이다. 역자 해설에 따르면 "사실에 머무르기보다 주관적인 관찰과 상세한 묘사를 주로 하는 새로운 보도 형태, 즉 신(新)저널리즘"의 대표적 작품으로서 미국에서 문학 강좌보다 저널리즘 관련 학과에서 교재로 널리 사용된다고 한다. 허먼 멜빌의 《모비 딕》이 고래의 생태와 포경술, 바다에 대한 섬세하고 방대한 묘사 덕분에 처음에는 문학 서가가 아니라 수산업 분야 서가에 꽂혀 있었다는 이야기가 떠오른다.

이 책이 내 인생의 이슈인 이유는 다음과 같다. 첫째, 장르. 이 책은 '소설과 신문 기사, 소설과 논픽션, 소설과 르포의 차이는 무엇인가? 혹은 차이가 있는가?' 하는 논쟁을 불러일으켰는데, 읽어보면 정말 논쟁이 일어날 만하다는 생각이 든다. 동시에 논쟁의 무의미함을 깨닫게 되는데, 어떤 장르로 읽어도 빼어나기 때문이다.

학계에는 보통 논문과 '잡문'에 대한 구별이 있다. 이 구분은 교수 임용과 유지에 필수적이다. 학회지에 기고하는 논문에는 확고한 형식이 있다. 학문과 사회 공동체의 관계는 늘 논란거리지만, 논문의 내용과 주장을 사회적 의미, 역할, 기여를 중심으로 생각한다면 논문과 '잡문'의 차이는 글의 형식이 아니라 '품질'로 구별되어야 하지 않을까? '순수 문학', '정통 예술'가들에게 르포와 소설은 어떻게 다르며, 또 다르다는 것의 의미는 무엇인가? 《인 콜드 블러드》는 질문한다.

둘째, 작가 자신. 모든 소설(글)이 그렇겠지만 이 책은 작가의 캐릭터 그 자체이다. 트루먼 커포티의 삶은 영화 〈카포티〉(2005년)를 참조하라(필립 시모어 호프먼이 커포티 역을 맡았다). 동성애자로 알려진 작가는 집필을 위한 취재 중에 범인과 '사랑

에 빠졌다'. 범인이 자기 스토리를 제공하는 대신 작가는 구명
운동을 약속했으나 이뤄지지는 않았다. 관련이 있는지 없는지
밝혀지지 않았지만, 범인이 처형되고 격찬 속에 책이 출간된 후
20여 년 동안 그는 글을 쓰지 못했고 알코올 중독으로 사망했
다.

소설 속 주인공과 작가의 관계, 취재원과 '기자'(말 그대로 쓰
는 자)의 관계, 연구 대상자와 연구자의 관계는 정치적이면서 정
서적이다. 글을 쓰는 사람들은 이 문제를 '해결'해야 한다. 나는
가정 폭력 피해 여성들과 가해 남성들을 5년 동안 상담하고 이
후 성역할과 인권 개념을 주제로 한 석사 논문을 써서 책으로
출판했다. 이 과정에서 나는 그들에 대한 분노, 죄의식, 연민,
동일시, 부담감 등의 감정으로 반쯤 미쳐 있었다.

셋째, 동기 없는 범죄. 인간의 정신 질환, 인격, 습관, 범죄
의 관계. 인간 몸(정신)의 어떤 상태가 인격적 미성숙의 문제이
고, 어떤 증세가 질병일까? 그것은 어떻게 분류되는 것일까? 예
를 들어, 우울증의 주요 증상은 우울이라기보다는 무기력증으
로 인한 불성실과 무능력인데, 이 상태가 '증상'인 사람이 있고
원래 그런(?) 사람이 있을 수 있다. 소설 주인공(범인)의 행동과
심리는 범죄와 인격 장애의 경계를 묻는다.

다중 인격 장애(multiple personality disorder), 한 사람 안에
여러 개의 서로 모르는 인격이 있어서 행동에 영향을 끼치는 이
질병은 오랫동안 정신 질환으로 여겨져 왔다. 용의자가 다중 인

격 장애로 판명될 경우 연쇄 살인범이라 해도 무죄로 감옥 대신 병원으로 가는 경우가 많았다. 그러나 최근에는 유죄로 판결되는 사례가 많다고 한다. 인간은 일관되고 합리적인 존재라는 근대적 인간관에 대한 사회문화적 성찰과 철학의 변화가 법정에도 반영되고 있는 것이다.

오늘날 범죄에 반드시 동기가 있다는 논리는 도전받고 있다. '묻지마 살인'은 이제 그다지 새로운 뉴스가 아니다. 미국의 경우 연쇄 살인범의 인구학적 특징은 중산층에 고등 교육을 받은 백인 남성이다. '어렸을 때 학대받은 불우한' 이들이 아닌 것이다. 《인 콜드 블러드》의 주인공의 행동이나 이에 대한 작가의 서술 역시 인과적이지 않다. 인간사에서 "왜?"라는 질문은 재심문받아야 한다.

기술 시대, 가짜 감정의 의미

탈감정사회 _ 스테판 G. 메스트로비치

감정 변형과 윤리

나는 두 가지 도움을 요청받은 적이 있다. 하나는 지방선거 지원이고, 하나는 성차별 사건의 가해자 비판에 동참해 달라는 것이었다. 둘 다 거절했지만 빚진 마음과 죄의식에서 자유롭지 못했다. 그러다가 선거 지원을 거절한 것이 '사실은' 겸손함의 발로라는 생각이 들면서 마음이 편해졌다. 그들이 요구한 실천은 나의 사회적 위치에 맞지 않는 과분한 것이었고, 거절은 실천 회피가 아니라 평소 내가 지니고 있던 셀럽포비아(유명 인사 환호에 대한 거부감)에 맞는 행동이었다. 생각이 여기에 이르자 미안함은커녕 유명세를 싫어하는 내가 자랑스럽기까지 했다. (물론 나는 스스로 유명인사라고 생각해본 적도 없고, 말도 안 되는 논리다.)

성차별 사건의 경우 나의 솔직한 감정은 분노와 두려움이었다. 나는 사건의 전말을 상세히 알고 있다. 피해자는 사회적으로 매장되었고 입원했다. 사건의 내용도 매우 복잡하다. 가해자들은 여성이고 '사회적 지위가 높고 막 나가는 사람들'이란다. 이 문제에 나서면 휴대폰도 없이 사는 내 조용한 일상이 박살날 것은 물론이고 나는 매장될 수 있겠다는 생각이 들었다. 하지만 한편으로는 피해자와 동일시되어 분노를 감당할 수 없었다. "차라리 나서버릴까?" 괴로운 고민을 하는 와중에 "지원자는 피해자와 동일시하면 안 되고 이는 오히려 피해자에게 도움이 안 된다."는 옹호자(advocacy) 이론이 생각났다. 나의 분노가 심각하므로 개입해서는 안 된다는 생각이 들었다. 더 나아가 가해자 세력이 막강하므로 피해자 지원은 정의감이 아니라 자포자기에 가까운 행동이라는 확신이 들었다. "나를 보호하자, 이건 '정당방위'야." 나는 이내 편안해졌다.

누구나 이런 감정의 갈등 속에 산다. 위와 같은 나의 상황 회피 사고는 프로이트가 말한 자기 방어 기제로서 합리화에 해당한다. 개입하지 말라는 주변의 조언과 내게 도움이 되지 않을 것이라는 '생각' 끝에 분노와 열정 같은 감정대로 행동하지 않고 이성적인 판단을 한 것이다. 감정은 조절되었다. "이성적으로 행동하라."는 말은 대개 여러 감정 중 특히 분노를 누그러뜨릴 때 사용한다. 대중의 분노는 체제를 위협하기 때문이다. 세월호 사건 유가족의 고통을 "미개하다"고 한 경우를 보라.

'감정적이지 않다'는 것은 이성과 감정의 위계와 대립에 기초한 근대의 대표적 통념이다. 크로아티아계 미국인 사회학자 스테판 메스트로비치의 《탈감정사회》는 이성과 감정의 대립이라는 낡은 구도 너머에 있는 '탈감정' 상태에 대해 논한다.

재현 혹은 표상으로서 감정

탈감정 사회는 감정이 없는 메마른 사회가 아니라 감정이 조작, 변형된 사회다. 《탈감정사회》에서는 감정 변형의 조건과 배경을 탐색한다. 이 책은 감정 연구의 연장선상에 있지만 부정의에 대한 정상적인 인식이 왜 분노 혹은 증오와 같은 감정 차원으로 격하되는지, 그리고 그러한 인식이 왜 저항으로 연결되지는 않는지에 천착한 문제의식이 매력적이다.

이 책은 감정에 대한 기존의 여성주의, 탈식민주의, 현상학, 후기 구조주의의 연구 성과에 기반을 두고 있다. 책에 따르면 감정은 이성의 발명을 위해 고안된 개념이며, 이동하고 교환할 수 있는 물질이고 동시에 가장 정치적인 인식, 즉 사상의 체현(embodiment)이다.

저자가 탈감정 사회를 분석하기 위해 재해석한 사상가들의 면면은 탈감정 개념을 이해하는 데 도움이 된다. 장 보드리야르의 시뮬라시옹(시뮬레이션) 논의, 데이비드 리스먼의 《고독한 군중》에 나오는 또래 집단과 미디어 문제, 조지 리처가 말한 소비

생활의 극단적 합리화('감정의 맥도널드화'), 에밀 뒤르켐의 신성한 것과 세속적인 것의 범주가 무너진 상황, 크리스 로젝의 여가의 상업화, 텔레비전 토크쇼로 대표되는 진정성 산업, 조지 오웰의 기계화된 사회주의에 대한 저항이 그것이다.

메스트로비치는 현실은 인지적 현실의 시뮬레이션 또는 극현실이라고 부르는 것에 의해 대체되지 않았다고 본다. 명백한 극현실의 표면 아래서 여전히 구조화된 기계적인 탈감정 현실이 작동한다는 것이다(91쪽). 그러므로 현실과 재현의 불일치를 강조하는 포스트모더니즘보다 '탈감정'이 더 설명력 있다고 주장한다.

특히 데이비드 리스먼의 《고독한 군중》에 나오는 외부(타인) 지향성에 대한 재해석과 탈감정은 밀접하게 연결된다. 외로운 군중의 특징은 타자 지향성(other-direction)이다. 타자 지향성은 번역하기 어려운 단어라고 생각하는데, 어쨌든 이 맥락에서는 내부(자기) 지향성의 상대어로 쓰인다. 타자 지향성이란 자기 자신에서 출발하지 않는 삶의 방식이다. 대중은 부정의에 대한 분노를 타자 지향적 방식으로 처리한다. 자신은 정치를 변화시킬 능력이 없기 때문에 정치를 이해하기만 하면 된다고 생각하는 사람들. 그래서 그들은 정치를 '말해주는' 사람에게 의존한다. 감정을 직접 경험하지 않도록 하는 후기 자본주의의 다양한 문화 장치(미디어)가 이런 경향을 더욱 강화한다. 타자 지향적인 개인들에게는 희생할 만한 초월적 가치가 없다. 남아 있는 유일한 가치는 생존이다.

외부 세계와 자신의 관계는 주로 매스커뮤니케이션의 흐름에 따라 매개된다. 타자 지향적인 유형에서 정치적 사건들은 그 사건을 습관적으로 원자화하고 의인화하거나 의사(疑似) 의인화하는 **단어의 스크린**(강조는 필자)을 통해 경험된다(102쪽). 그러므로 타자 지향적인 사람이 추구하는 삶은 변화하지 않고, 남은 것은 다른 사람들에게서 나오는 신호에 세심한 주의를 기울이는 과정뿐이다. 곳곳에서 오는 신호를 받아들이지 않으면 안된다. 발신지는 여러 곳이며 변화도 무척 빠르다.

이러한 과정, 다시 말해 감정의 기계화와 매개화 과정을 거쳐 저자는 감정이 전통적인 의미에서 몸의 생각이라기보다는 재현(emotions-as-representations, 옮긴이의 용어로는 '표상')이라고 본다. 문화 산업은 석화(石化)된 방식으로 추상화된 감정을 사용한다. 추상적 감정의 대표적인 예는 연대가 아니라 연민, 동정(pity)이다. 동정하지만 공감하지는 않는다. 그러므로 탈감정 사회는 대립 없는 사회다. 현대의 문제는 문화적 빈곤이 아니라 감정적 빈곤인데, 문화는 넘치고 그 대가로 감정은 느끼는 것이 아니라 재현된 상품이 된다.

탈감정은 직접적인 감정이 아니라 재생된 감정이다. 《탈감정 사회》는 감정 없는 사회에 대한 비판이 아니라 제조된 가짜 감정들로 충만하고 그러한 감정을 소비하는 사회, 소비재로서 감정, 감정 제조 산업이 제도화된 사회에 대한 고찰이다.

저자가 든 대표적 사례는 보스니아 대량 학살이 텔레비전에서 전달된 과정이다. 대중은 미디어를 통해 자신들이 느끼는 극도의 혐오감이나 동정심(실제로는 연민), 공포와 여타 감정을 표현한다. 그런데도 대량 학살은 수년 동안 계속되었다. 그러한 감정은 비극을 중단시키는 데 아무런 영향을 끼치지 못한다. 이렇듯 동정심은 이제 하나의 사치품, 즉, '동정심 피로'로 귀착되는 소비재가 되었다. 이는 구매한 물건이 싫증 나는 것과 유사하다. 오늘날의 탈감정적 인간은 어떠한 영역—국내든 국제든—에서도 감정을 경험하지만, 진정성을 입증할 것을 요구받지 않는다.

탈감정 사회가 아닌 후기 감정 사회

이 책은 뛰어난 문제의식과 모범적인 서술 방식을 취하고 있다. 질문, 전개, 요약 모두 잘 조직된 책이며, 대가의 저술이라 할 만하다. 요약하면 탈감정 사회란 이전 시대라면 사람들의 마음을 움직였을 사건과 위기에 반응하지 않는 사회를 의미하고, 이 책은 그 배경을 지적이고 설득력 있게 분석한다.

한국에서 '○○ 사회'라는 제목의 책이 많이 출간되었는데, 미셸 푸코가 지적한 대로 '사회의 국가화'라는 구조주의적 접근이 아니라 사회 혹은 신자유주의 체제 자체가 문제 영역으로 등장했다는 점에서 바람직하다고 생각한다. 이미 전 지구적 자본주의는 (국가주의와 동시에) 지구를 감싸는 거대한 체제이기 때문에 사회는 이제 더는 국가의 하위 범주가 아니다.

세 가지 아쉬움을 전하면서 글을 마친다. 《탈감정사회》는 '사회학자의 연구답게' 어쩔 수 없이 거대 서사에 속한다. 포지션과 맥락이 텍스트를 만든다고 보는 나 같은 입장주의자로서는 불편한 점이 없을 수 없다. '사소한' 사례를 들자면 이런 것이다. "사람들이 부정의에 분노를 드러내도 행위로 이어지지 않는 이유는 분할된 집단 정체성(성별, 인종, 성정체성 등등)이 분노를 상쇄시키기 때문이다."(24쪽) 안타깝게도 이 문장은 책의 가장 중요한 부분에 나오는 서론 겸 요약인데, 다른 분노를 살 만한 틀린 분석이다. 성별과 인종에 대한 분노가 이미 정치학인데 무엇을 상쇄시킨단 말인가.

그리고 이 책의 내용과 주장으로 볼 때 '탈감정 사회(postemotional Society)'보다는 '후기 감정 사회'라는 표현이 더 적절하지 않을까 생각한다. '탈감정'이 감정이 없어진 것이 아니라 새로운 양식의 발현이라면 '탈(脫)'이 아니라 '후기'로 번역되어야 한다. '감정 이후(after-emotion)도 고려했다'고 밝히고는 있지만(65쪽), '포스트'(post)는 경합적인 단어다. 저자나 역자의 의도와 상관없이 우리말에서 '탈'은 '벗어남', '없어짐'으로 해석될 여지가 크다. 포스트모더니즘은 모더니즘의 양상이자 연속이며 인식자의 위치에 따라 다른 인식이지 발생 시간상 순서를 가리키는 것이 아니다.

마지막으로 저자가 심도 있게 분석한 리스먼의 '타자 지향성 (other-direction)'은 문화 이론, 탈식민주의, 페미니즘의 분야에서는 긍정적인 의미로 쓰인다(other-orientation). 영어로는 구분이 되는데 우리말에서는 구분이 어렵다. 우리 사회는 실존주의에서 말하는 소외된 타자(the others)와 타인(the different person)을 구분하는 인식, 차이의 정치학이 부재하기 때문이다. 쉬운 예로 "여성은 남성의 타자"라고 할 때 여성은 '제2의 성'이라는 의미지만, 타자와 타인이 구별 없이 사용될 때 남녀는 평등하게 된다. 결국 번역이 문제다. 우리 사회의 논쟁은 한국 지식인이 생산한 언어가 텍스트가 되기보다는 번역과 관련된 이슈가 되는 경우가 많다. 물론 이 책의 번역은 가독성, 성실성, 원서에 대한 배경 설명 등 모든 면에서 나의 부러움을 샀지만 말이다.

코로나는 거버넌스와
자유를 재정의했다

우리는 밤마다 수다를 떨었고, 나는 매일 일기를 썼다 _ 궈징

이 글은 《우리는 밤마다 수다를 떨었고, 나는 매일 일기를 썼다》를 화두로 삼아 팬데믹 시대 우리가 맞닥뜨린 모순과 그에 따라 요구되는 새로운 인식 틀을 세 차원에서 다루고자 한다. 하나는 사회적 거리 두기와 돌봄과 '집'에 대한 논의이며, 두 번째는 기후 제국 시대의 거버넌스에 관한 것으로서 자유, 선진, 문명에 대한 질문이고, 마지막은 글쓰기에 대한 것이다.

거리 두기는 어디서 가능한가

일단 우리는 이 책을 읽기 전에 '중국'과 '봉쇄'가 주는 (부정적) 이미지를 재고할 필요가 있다. 팬데믹으로 인해 지구상 78억 명의 인구는 각기 다른 상황에 처해 있고, 각 상황에 대한 판

단도 기존과는 달라져야 하기 때문이다. 예를 들어 봉쇄가 나은가, 마스크를 거부하는 자유주의는 저항(?)인가, 봉쇄의 조건은 어떠했는가, 무엇이 민주주의인가, 어떤 국가가 국민을 보호하는 정책을 펴고 있는가 같은 질문에 대한 답은 우리의 예상을 빗나가기도 한다.

팬데믹의 원인은 '돌봄 노동'(살림)을 비하하고 '자연 파괴'(죽임)를 추구해 온 인간의 경제 활동이다. 그리하여 많은 이들이 팬데믹의 대안으로 돌봄 윤리에 관심을 보이지만, 이런 흐름은 지금 여기의 '여성 해방'과는 거리가 멀다. 팬데믹의 결과로 또다시 여성들이 강도 높은 보살핌 노동을 도맡고 있기 때문이다. 돌봄 노동의 내용은 그 자체로도 재평가해야 하지만, 페미니스트들은 돌봄이 공적 영역의 가치가 되어야 한다는 것이지 그 자체에 대한 찬양이 아니라고 주장한다. 현재 인류가 욕망하는 주된 가치인 물질적 풍요와 경쟁과 승부에 대한 성찰이 필요하고, 많은 가치 중에 '돌봄'도 포함되어야 한다. 그러기 위해서는 일단 돌봄 노동의 의미와 구체적 내용이 무엇인지 이해가 필요하고 돌봄 노동에 대한 인식론적 평가가 이루어져야 한다.

나는 현재 문재인 정부가 코로나19 대처에 최선의 노력을 다하고 있다고 생각한다. 그러나 한국 사회의 '사회적 거리 두기'는 정부 입장에서는 최선의 정책이지만, 기본적으로 논쟁적인 언설이다. 사회적 거리 두기는 정확히 말하면 물리적 거리 두기인데, '집'이나 육아에서 가능하지 않다. 즉 비대면은 지극히 제한적이고 효과가 별로 없는 방역법이다. 비대면이라면 키스와 섹스부터 금지해야 할 것이다. 또 '외출을 삼가'면 우리는 어디로 갈 것인가. '집'의 상황은 천차만별이고, 집은 기본적으로 노동과 폭력의 공간이다. 특정 지역을 봉쇄하더라도 그 지역 내에, 집 밖에서 지낼 수 있는 여성만의 공간을 만들어야 한다. 이점에 대해서는 이 책이 다음과 같이 잘 요약해서 보고하고 있다.

"수많은 기혼 여성이 결혼 후 어쩔 수 없이 가정 안에서 쳇바퀴를 돌며 살기 시작한다. 풀타임으로 직장 생활을 하는 여성들도 퇴근하면 빨래와 밥을 하고, 아이를 돌보며, 주목받지 못하는 수많은 가사 노동을 한다. 이들의 공적 생활은 끊임없이 축소된다."

기후 제국 시대의 거버넌스

많이 '배울수록' 좋은 것과 많이 '알수록' 좋은 것은 다르다. 인간은 어떤 문제에 대해서는 몰라야만 살아남을 수 있다. '모르는 방법'이 작동하는 기제는 이데올로기, 개인의 방어 심리, 정보 통제와 같은 통치 기술, 몰라도 되는 권력, 회피 등 여러 가지가 있다. 지금 우리 앞의 진실은 이렇다. (전문가들에 따르면) 2022년까지는 마스크를 써야 하며, 코로나19가 '해결'된다 해도 다른 전염병이 찾아오고 그 주기는 사스, 메르스, 코로나

19의 간격 차처럼 점점 짧아질 것이다. 이견은 없다. 우리가 부정하고 싶을 뿐이다. 다시 말해 이제 팬데믹은 인간의 조건이 되었다.

통치자는 헛된 희망을 주는 사람들이다(나쁜 의미가 아니다). 팬데믹은 부정하고 싶고 감추고 싶은 진실이지만, 지금 인류는 자본주의 질주─지구 파괴─팬데믹의 악순환을 막을 수 없다. 팬데믹의 심각성에 대한 인식을 공유했다고 해도 현재 자본주의 체제의 작동과 인간의 활동을 10분의 1로 줄이는 방식만이 '궁극의 해결'책인데, 이 자체가 불가능하기 때문이다. 이제 인류는 진화하는 바이러스와 공존을 모색할 수밖에 없는 처지다.

그렇다. 우리는 완전히 다른 시대를 살게 되었다. 이미 기아, 난민, 물 부족과 오염, 일상적 내전 상태에서 살아가는 사람들과 몇조 원 단위의 현금을 보유한 글로벌 부호들을 '같은 인류'라고 말할 수 없는 시대다. 더구나 빈부를 비롯한 인간 생활의 모든 면(건강, 지식, 교육……)에서 격차가 극대화된 신자유주의 사회에서 전염병은 이전 시대와 그 의미가 크게 다르다.

이전에 전쟁과 전염병은 전 인류의 문제였다. 그러나 신자유주의 시대에 전쟁과 전염병은 선택적으로 작동한다. 핵폭탄 같은 무기가 사용되던 전면전(절멸전) 시대의 전쟁에선 모든 것이 파괴되었지만, 기술전 시대의 무기는 특정 피해자를 선택할 수 있다. 유도(guided) 미사일은 원하는 타깃만을 설정한다. 우리가 알다시피 전염병의 경우 개인의 면역력에 따라 피해가 달라지는데 그 면역력은 국가, 계급, 인종, 성별, 나이 따위에 크게 좌우된다. 경제는 말할 것도 없다. 배달 업체와 마스크 업체와 소상공인의 상황이 같을 수 없다. 교육에선 대면과 비대면의 학습 차가 교육 체제의 붕괴를 가속화하고 있다.

코로나19 이전에 일본, 유럽, 미국은 '선진국'이었다. 그러나 이들 정부의 대응이나 국민들의 인식은 놀라웠다. 유럽인들이 마스크를 조롱하고 거부하는 시위를 벌인 일, 미국에서 감염자와 함께 파티를 즐긴 후 미감염자 중 가장 빨리 사망하는 사람을 가려내는 게임을 즐긴 사건은 민주주의, 개인주의, 자유주의의 근본 개념을 다시 생각하게 한다. 이에 반해 중국은 우한의 예처럼 아예 지역 전체를 봉쇄했다. 중국과 서구의 중간쯤(?)에서 한국은 인권과 방역 두 가지 모두를 덜 훼손하면서 스스로 'K-방역'이라 부르며 자랑스러워하고 있다. 서구처럼 마스크를 안 쓰겠다고 경찰과 투쟁하는 극단적인 시민도 없고 중국처럼 봉쇄도 없다.

세계 정치 2강 체제인 중국과 미국의 경쟁 상황이 기후 제국 시대로 접어들어 평가 기준이 달라지면서 역전되고 있다. 점차 많은 국제정치학자들이 팬데믹 시대에는 중국식 권위주의 국가가 미국식 자유주의 국가보다 국민을 더 잘 보호하고 있다는 사실에 주목한다.

보호와 통제는 연속선에 있지만 최소한 중국은 그 역할을 하고 있고, 서구의 여러 나라들은 (자신들이 창조해낸 자본주의의 전제인) 타인과 단절을 전제로 한 남성 중심적 자립(autonomy) 개념과 개인주의에 가로막혀 전염병 시대에 필수인, 공동체적 협력 체제로 넘어가지 못하고 있다. 인류 역사상 지금 미국만큼 경제력과 합리주의(관료주의), 지식 생산 능력을 갖춘 나라가 없었지만, 미국은 '빈곤과 통제'를 상징하는 중국만큼 적절히 팬데믹에 대처하지 못하고 있고 그럴 생각도 없어 보인다.

각자의 '봉쇄 일기'를 기다리며

이 책은 선입견과 다르게 중국이 안전하다는 사실을 증명한다. 국가의 역할이 약하거나 급격히 상대화된 글로벌 자본주의 시대에 17억 명을 먹여 살리는 중국의 힘의 원천 중 하나는 식료품 가격이 싸다는 것이다. 이 일기는 식료품이 공급되고, 비록 제한은 있으나 인터넷 소통이 가능한 상태에서 새로운 세계를 사유하는 젊은 페미니스트의 연대와 정의감을 보여준다.

이 일기에서 확인할 수 있는 궈징의 일상은 요리, 수다, 운동, 산책, 인터뷰로 이뤄져 있다. 특히 한국에서는 고급 요리로 불리는 가지 볶음 요리를 주요 메뉴로 삼아 매일 무엇을 해 먹었는지를 적고 있는데, 봉쇄는 아니지만 궈징과 비슷한 환경(1인 가구)에서 지내는 나로서는 끼니와 청소를 제대로 하는 생활이 쉽지 않다. 개인적인 이유도 있지만 1인 가구주의 건강, 장애, 나이 같은 상태에 따라 '봉쇄 일기'는 크게 달라진다. 나는 궈징의 건강과 자기 관리가 부러웠다.

'전체, 범(汎)'이라는 의미의 접두어 'pan-'이 붙은 팬데믹
(pandemic)이지만 인류 구성원이 겪는 의미와 고통은 극히 개
별적이다. 팬데믹의 진짜 비극은 여기에 있을지도 모른다. 저자
는 이러한 현실을 정확히 포착하고 있다.

"내일도 이럴 거다.

어떤 사람은 이미 죽었고

어떤 사람은 희생하고 있고

어떤 사람은 목소리를 내고 있고

어떤 사람은 가짜 뉴스를 팩트 체크하고 있고

어떤 사람은 투기를 하고 있고

어떤 사람은 큰길을 쓸고

어떤 사람은 큰길에서 자고

어떤 사람은 공동 구매를 하고 있고

어떤 사람은 택배를 배송하고 있고

어떤 사람은 밖에 나가지 않고

어떤 사람은 산책하고

어떤 사람은 집에 누워 있고

어떤 사람은 이미 직장으로 복귀했고

어떤 사람은 가정 폭력을 당하고

어떤 사람은 일 년 내내 집안일을 한다."

팬데믹 시대에 국가의 역할, 개인의 자유, 경제 활동, 봉쇄와 방역의 조건, 극도로 성별화되고 계급화된 '집'의 의미, 정치 지도자나 자본가들이 '결정할 수밖에 없는' 현재 자본주의 시스템에 대한 진단, 인류의 미래에 대한 구상은 어떻게 달라져야 할까? 근본적인 사유의 전환을 요청하려면 각자가 자기의 공간에서 어떻게 살고 있는지 광범위하게 기록하는 토대가 마련되어야 한다. 구체성을 획득하지 못한 추상적인 논의로는 이 시대를 감당할 수 없기 때문이다. 그러므로 다양한 《우리는 밤마다 수다를 떨었고, 나는 매일 일기를 썼다》들이 나와야 한다.

당사자의 글쓰기

페이드 포 _ 레이첼 모랜

이 책은 아일랜드의 페미니스트 레이첼 모랜이 자신의 성산업 유입 경험과 그에 대한 사유를 다룬 이른바 '당사자'가 쓴 글이다. 물론 당사자의 글이라고 해서 저절로 진실이 확보되는 것은 아니다. 문제는 세상의 모든 글과 마찬가지로 삶과 앎에 대한 글쓴이의 해석이다. 먼저 이 책에 대한 나의 '호감'이 서평에 반영되었다는 것을 부정할 수 없음을 밝힌다.

성산업, 특히 한국 사회의 성산업 양태는 매우 다양하다. 탈성매매 과정에 있는 여성들을 40년 넘게 지원해 온 페미니스트에게도 생소한 성매매가 매일 출현하고 있다. 성매매 유형뿐 아니라 로컬의 정치경제학이 다른 만큼 성산업에 종사하는 여성의 경험도 다양하다. 또한 남성 구매자와 여성의 권력 관계에도 가부장적 '구조를 넘는' 개별성이 존재할 수 있다. 이처럼 성매매의 복잡성과 다양성에도 불구하고 《페이드 포》는 성매매의 본질을 정확하게 전달한다. 성매매 문제에 관한 '교과서'라고 해도 과언이 아니다.

성매매만큼 여성에 대한 폭력(gender-based violence) 언설을 남성이 독점하고 있는 영역도 드물 것이다. 그들은 '(성구매를) 직접 경험해본 사람으로서' 말할 수 있다고 주장한다. 일부 남성 진보 세력은 계급적 관점에서 자신이 기층 민중인 그녀들을 '더' 걱정하고 '잘' 대변한다고 주장한다. 반면 페미니스트들은 경험이 없어서, 성산업에 종사하는 당사자들은 낙인의 위협 때문에 침묵해야 했다. 성폭력이나 가정 폭력보다 성매매는 여전히 '피해자' 논쟁에서 자유롭지 않다. 즉 피해자가 있는 범죄가 아니라 자연스러운 일상 문화로 인식되기 때문에 아무도 제대로 모르지만 모두가 안다고 생각한다.

젠더와 계급은 성별화된 자원 교환, 노동의 성애화, 섹슈얼리티의 매춘화, 성매매로 '수렴된다'. 일상적 문제일수록 본질을 직면하고 인식하기 어렵다. 이 글을 쓰고 있는 즈음 리얼 돌(sex doll, 맞춤형 인형, 강간 인형)에 대한 논의가 한창인데, 판매 허가를 요구하는 목소리는 여성 혐오와 성차별이 만연한 우리 사회의 상황을 정확히 반영하고 있다. "대한민국 남성은 야동도 못보고, 성매매도 못 하고, 여성을 제대로 쳐다보지도 못한다. 대한민국에서 남성으로 살아가는 것이 참으로 힘든 일이 되었다. 최소한의 남성 인권을 보장해 달라." 무슨 말을 하겠는가.

《페이드 포》의 저자는 7년 동안 성산업에 종사했다. 글쓴이의 포지션, 누가 말하는가는 페미니즘의 중요한 이론적 주제이다. 경험은 정치적, 인식론적으로 선택되고 구성된 기억이다. 경험과 글쓰기는 또 다른 영역이다. 경험과 지식과 독서량과 무관하게 글에는 소재의 제한이 '있다'. 당사자이기 때문에 쓸 수 있는 글도 있지만, 실은 당사자이기 때문에 쓸 수 없거나 쓰기 어려운 글이 훨씬 더 많다.

1999년 4월 미국 콜럼바인 고등학교에서 발생한 총기 난사 사건의 가해자이자 현장에서 자살한 학생의 엄마가 쓴 책《엄마의 벌-비극 이후를 살아낸다는 것(Mother's Reckoning-Living in the Aftermath of Tragedy)》의 한국어판 제목은 '나는 가해자의 엄마입니다'다. 한국 독자를 위한 의도적 오역인 듯하다. 이 책은 글쓴이가 자신을 가해자의 엄마로 정체화했다면 세상에 나오기 어려웠을 것이다. 피해자들에 대한 죄의식과 아들에 대한 그리움을 맨 정신으로 버틸 수 있는 여성은 많지 않다. 그녀는 '청소년 자살 예방 운동가'로 살아가고 있고, 이 책도 그 관점에 충실하다.

'특별한 경험'을 겪은 당사자의 글쓰기는 이토록 어렵다. 오해와 낙인으로 가득한 고통스런 경험에 대한 글쓰기는 더욱 그렇다. 고립감, 자기 연민, 자기 방어, 자의식을 지양하는 글쓰기는 "죽었다 깨어났다"고 말하는 환골탈태, 재탄생의 과정이다. 《페이드 포》는 이러한 문제를 '극복'했을 뿐만 아니라 독자를 새로운 세계로 안내한다. 물론 여기서 새로운 세계란 성매매 제도라기보다는 그것을 경험한 사람의 사유이다.

앤드리아 드워킨은 가부장제 사회의 규범적 섹스인 삽입 (intercourse) 자체가 폭력이라고 보았다. 섹슈얼리티는 성교가 아니다. 생리, 피임, 낙태부터 매 순간 권력 관계가 작동하는 노동이다. 저자는 말한다. "원 나이트 스탠드조차 깔끔하지 않다." 성폭력 피해 표현 중에 "he insides me(그가 내 몸속으로 들어왔다)."는 말이 있는데, 비슷한 맥락일 것이다. 《페이드 포》의 저자는 이를 다음과 같이 표현한다. "성구매자들이 내 몸 안에서 움직인다고 상상하는 것만으로도 견디기 어려웠다. 그 생각만으로도 몸이 아팠다." 나 역시 적어도 내게 유리하지 않은 상황에서 몸의 이물감(異物感)을 수없이 느껴보았다. 생각이 몸을 아프게 하는 것이다. 이 책은 이렇게 한 구절 한 구절, 나를 깨닫게 했다. 성구매자 중에서 '변태'가 '일반적인' 구매자들보다 상대하기가 좀 더 수월하다는 사실에도 크게 공감했다. 많은 여성들이 그럴 것이다. '대놓고 문제적인 남성'보다 가족, 아는 사람, 동료와의 평범한 인간관계가 더 피곤하고 많은 노동을 요구한다.

이 책이 한국 사회의 성매매 인식 변화에 기여하기를 소망한다. 성매매에 대한 무지와 오해 자체가 폭력이다. 성매매는 상업적이어서, 비윤리적이어서 문제가 아니다. 몸과 섹슈얼리티를 연구한다는 이들조차 이러한 인식에서 벗어나지 못하고 있다. 한국 사회에서 '상업화되고 비윤리적인' 문제는 성매매 말고도

널려 있다. 성매매의 핵심은 성별성이지 상업성이 아니다.

마지막으로 '성노동', '성노동자' 용어에 대한 나의 분노를 분명히 하고 싶다. 이 책에 나와 있듯이 성노동은 미화된 용어이기도 하지만, 실제로 노동이다. 성산업에 종사하는 일은 당연히 노동이다. 그러나 "노동이어야 한다. 노동으로 인식되어야 한다."는 전혀 다른 논리다. '성노동'은 성매매의 핵심, 즉 왜 이 노동이 여성에게만 부여되는지를 설명하지 못한다. 나는 성매매를 성폭력으로 환원하는 입장에도 동의하지 않지만, 폭력을 행하는 것도 당하는 것도 노동이다. 성산업에서 여성이 하는 일은 중노동이고 위험한 노동이다. 여성이 사망해도, 공권력도 가족도 나서지 않는 보이지 않는 노동이다. '성노동' 담론이 여성 혐오에 근거한 무지의 산물인데도 한국 사회에서 그럴 듯하게 통용되는 이유는 '노동의 신성화'라는 서구 근대 이데올로기를 벗어나지 못하는 식민주의 인식 때문이다.

태초에 목소리들이 있었다

선녀는 참지 않았다 _ 구오

내가 어렸을 때 읽었던 동화책 중에서 지금도 나를 억압하는 이야기가 있다. 그때는 조금 무서운 정도였는데, 이후 그 의미를 알고 난 뒤 나의 일상을 지배하는 텍스트가 되었다. 책 내용은 어떤 공주가 말하기와 관련된 벌을 받는다는 것이었다. 입을 열기만 하면 오물, 지네, 뱀처럼 온갖 징그럽고 더러운 것들이 쏟아져서 공주는 자기 혐오로 침묵하게 된다. 이것은 곧 참지 않고 말하는 여성에 대한 강력한 경고이다. 언어와 지성을 탐구하는 여성을 통제한 성공적인 사례가 아닐 수 없다.

대개 부모들은 자녀에게 좋은 동화책을 많이 읽혀야 한다는 강박이 있다. 내 생각은 조금 다른데, 많이 읽는 것도 좋지만 어떤 책을 읽고 달리 해석하는 방식을 배우는 것이 더 중요하다고 본다. 사실 동화(童話)는 단어의 어감과 달리 공포와 단죄에 관한 이야기가 대부분이다. 권선징악의 결말이 교훈을 주는 것 같지만, 문제는 누구의 입장에서 권선징악이고 사필귀정이냐는 것이다. 동화처럼 당파적인 서사도 없을 것이다.

어느 시대나 지배 세력이 가장 두려워하는 현상은 피지배 세력이 자기 위치와 구조의 부당함을 깨닫고 이전처럼 살기를 거부하는 것이다. 흑인이 노예 노동을 거부하고, 여성이 희생과 자기 비하에서 벗어난다면, 우리가 더는 서구 사회에 콤플렉스를 느끼지 않는다면 세상은 지금보다 살 만한 곳이 될 것이다. 그래서 동화는 미래 세대인 어린이를 훈육하고 세뇌하는 가장 효과적인 이데올로기이다. 동화에 대한 개입과 재해석이 중요한 사회적 과제인 이유다. 동화도 다른 담론처럼 치열한 정치적 경합의 장이다.

흥미로운 현상은 이 책《선녀는 참지 않았다》에 들어 있는 열 편의 이야기처럼, 한국의 전래 동화에는 주로 '불쌍한' 남성이 등장한다는 점이다. 서구의 동화는 '백마 탄 왕자'처럼 용기와 책임감, 여성을 보호할 수 있는 자원이 있는 규범적 남성성을 지닌 인물(물론 실제로는 아니다)이 주인공인 경우가 많다. 반면 우리의 전래 동화에서는 여성이 남성을 구하고, 보호하고, 위로해주어야 한다. 이것이 바로 '가부장 없는 가부장제 사회'다. 즉 남성이 성역할을 못함으로써 여성이 이중 노동을 하고, 그러면서도 남성의 자존심이 상하지 않도록 감정 노동까지 해야 하는 '식민지 남성성 사회'이다. 남성이 남성의 역할을 제대로 못하는 사회에서 여성은 더욱 고통스럽다. 이른바 '페미니즘의 대중화' 이후 수많은 여성주의 책들 속에서 《선녀는 참지 않았다》가 의미를 지니는 이유다.

남성 사회를 구성하는 기본 원리를 이해하고 새로운 상상(콘텐츠)을 떠올리기 위해서는 여성주의 시각 혹은 사회적 약자의 입장에서 다시 쓰기(re-writing), 다시 생각하기(re-thinking)가 중요하다. 여성주의는 남성의 주장이 틀렸다는 사유가 아니다. 지금까지와는 다른, 새로운 세계가 가능하다는 이야기다. 이는 반드시 성별에만 국한되지 않는다. 장애인, 동성애자, 유색 인종의 관점에서 재해석되는 경우도 많다. 백설공주가 왕자와 결혼했다가 가정 폭력으로 이혼하여 '일곱 난쟁이' 중 한 명과 다시 사랑에 빠진다거나 계모가 위험에 빠진 공주를 돕는 《흑설공주》 같은 작품이 그것이다.

태초에 말씀이 있었다? 천만의 말씀이다. "태초에 목소리들이 있었다." "태초에 관계가 있었다." 모든 말은 관계의 산물이기 때문이다. 사실 모든 쓰기는 곧 다시 쓰기다. '전래(傳來)'는 이미 많은 사람들의 생각이 보태졌다는 뜻이고, 우리가 알고 있는 《성경》은 《코란》을 비롯한 수많은 외전(外典) 중 하나일 뿐이다. 원전은 없다.

하느님이 남성은 흙으로 직접 빚으셨고 여성은 남성의 일부(갈비뼈)로 만드셨다? 기존 사회가 이런 이야기로 무장(?)하고 있을 때 우리 여성들은 '흥분'할 필요가 없다. 여성에게는 창의력을 키울 수 있는 자원이 된다. "아, 그렇군요. 그렇다면 남성은 토기이고 여성은 본 차이나(bone china)네요. 그런데 좀 걱정이 되네요. 토기는 잘 깨지지 않나요?" 혹은 "아, 그런가요? 그간 갈비뼈로 여자를 만드시느라 고생 많으셨어요, 이제는 안 만드셔도 돼요." 이것은 우문현답을 넘어 목소리의 다성성(多聲性), 인류의 조화로운 합창이다.

《선녀는 참지 않았다》에 등장하는 '원래' 이야기들은 여성 학대와 신체 훼손, 가혹한 노동으로 가득 차 있어서 분노하기보다 가슴이 아플 정도다. 이에 반해 저자들이 다시 쓴 새로운 이야기들은 일단 '문학적 성취'가 돋보인다. 이야기의 개연성, 구체성, 현실성으로 인해 더 큰 호소력을 발휘한다. 여성의 경험과 정의감이 바탕이 되었기 때문이다.

동화 다시 쓰기는 글쓰기의 기본인 작가의 위치성과 상상력이 가장 잘 드러나는 영역이다. 여성주의 책이기도 하지만 글쓰기 교재로 추천하고 싶다. 그런 의미에서 이 책은 남자 어린이를 포함한 모든 어린이에게 글쓰기 모델이 될 것이다. 왜 인류의 위대한 지적 유산인 여성주의의 세례를 여자 어린이만 '독점' 해야 하는가. 남자 어린이도 여성주의의 혜택을 받을 권리가 있다!

인생이 왜 이리 모순일까,
비참한 상황에서 나는 웃고 싶다
대지의 딸 _ 애그니스 스메들리

    이 글은 《대지의 딸》에 대한 서평이면서 동시에 서평이 아니다. 흔히 책을 (독자에게) 소개하기 위해 쓰는 글을 서평이라고 한다. 책의 줄거리와 집필 배경 같은 객관적 정보와 서평자의 주관적 평가와 분석을 모두 포함해야 한다는 '서평 쓰기 요령'을 인터넷에서 쉽게 찾을 수 있다. 독후감은 읽은 이의 내적 감상(느낌)을 그대로 담은 글이고 서평은 논리적인 생각을 담은 글이라는 조언도 보인다. 내가 생각하는 서평은 이와 다르다. 줄거리, 집필 배경뿐 아니라 서평자의 평가나 분석도 책에 관한 정보다. 책 정보는 출판사에서 내놓는 이른바 '보도 자료'에 잘 담겨 있는데, 책의 앞뒤 날개와 표지에도 일부가 실린다. 《대지의 딸》처럼 옮긴이가 탈식민주의 페미니스트이자 영문학 전문가일 경우 '논문 수준'의 옮긴이 해설이 책에 실리기도 한다.

    서평의 목적이 독자에게 책을 읽게 하는 데 있다면 더더욱 내용 요약은 필요 없다. 그래도 '보도 자료 식으로' 말한다면《대지의 딸》은 중국과 인도를 비롯한 아시아의 혁명 현장을 보도했던 저널리스트 애그니스 스메들리가 가난, 성차별, 가족의 죽음, 죄책감, 분노, 상처를 뒤로하고 '조국'인 미국을 떠나기 전인 1920~1930년대를 배경으로 한 자전적 소설이다. (물론 실제 보도 자료는 이보다 훨씬 훌륭하다.)

이 글은《대지의 딸》에 대한 정보가 아니라 이 책에 대한 나의 생각을 담고 있다. 좋은 서평은 결국 좋은 독후감이다. 독서 감상문은 쓰는 이 자신에게로 회귀해야 한다는 의미에서 성찰적이어야 한다. 독후감은 개인의 맥락에서 읽혀야 한다. 다시 말해 서평을 쓴 사람은 한 사람의 독자일 뿐 독자를 대변하는 길잡이가 아니다.

서평은 다른 독자들에게 '비교 체험'의 데이터를 제공할 뿐이다. 내가 선호하는 독후감은 긍정적 의미의 스트레스와 심리학에서 말하는 자극(stroke)을 주는 글, 체화된 사상(embodied thought)이라는 의미의 감정의 두께가 있는 글이다. 뇌, 마음, 몸의 평화를 깨는 격동인데, 움직임이 클수록 좋다.

《대지의 딸》에 대한 내 독후감의 키워드는 세 가지다. 첫째 슬픔, 둘째 복수(複數)의 젠더(multiple gender), 셋째 저자인 애그니스 스메들리와 우리의 신여성, 그리고 프랑스의 시몬 드 보부아르다.

페미니스트는 성차별의 보편성과 역사성('특수성', 차이, 지역성……)을 동시에 주장해야 하는 어려움을 사명으로 삼아야 한다. 가부장제는 어느 시대, 어느 지역에서나 작동하는 억압이라서 몰역사적으로나 자연스런 현상으로 여겨지기 쉽다. 젠더는 세상 어느 제도보다도 사회를 구성하는 데 핵심적이며 개인의 삶에 깊은 자상을 남기는데도 그 부당성과 야만성에 비해 너무나 비가시화되어 왔다.

이 때문에 그간 페미니즘은 젠더 자체를 강조해 온 경향이 있다. 한편으로 이런 작업은 여성을 언제나 변함없는 피해자로 재현하고, 가부장제를 절대 불변의 권력으로 재현하기 쉽다. 페미니스트의 임무는 모든 곳에 존재하는 성별이라는 공기가 어떤 상황에서 성차별로 발화되는지, 그 사회문화적 조건을 밝혀내는 것이다. 가부장제는 편재(遍在)하는 동시에 편재(偏在)한다. 그것이 가부장제가 '운명의 소관'이 아니라 인류가 만들어낸 역사인 이유다.

그렇다 해도 《대지의 딸》 주인공의 삶은 너무나 익숙하다. 나는 소설 속 상황에 강하게 동일시되었다. 1920년대 미국의 가난한 백인 여성과 2021년 한국의 약간(?) 가난한 여성의 처지가 비슷하다니 말이 안 되는 줄 알지만, 왜 어딜 가나 '여자의 일생'은 이토록 비슷하단 말인가.

몇 년 전 읽은 《만 가지 슬픔》이 생각났다. 《만 가지 슬픔》은 주한 미군을 아버지로 둔 엘리자베스 김이라는 여성의 실화이다. 두 책의 저자는 모두 가부장제 사회에서 자신을 사랑하려했던 가난한 여성들이다. 이들의 삶은 고달픈 정도가 아니다. 노동과 고통으로 정신이 반쯤 나가 있다. 사실 그런 상태가 정상이다. 그래서 이런 책들의 서평에는 대개 '치유적 글쓰기'라는 표식이 붙는다. (나는 이런 레테르를 좋아하지 않는다. 왜 이들에게만 치유가 필요한가. '진짜 치료 대상'은 '가해자'가 아닌가?)

이 소설은 여성의 삶에 대한 사실적이며 절절한 묘사로 가득차 있다. 한 문장도 뺄 곳이 없다. 내 주장은 이러한 여성의 현실이 불행이 아니라는 것이다. 소설의 주인공은 빈곤과 성별이라는 조건에 놓여 있지만 다른 이들도 그들만의 고통이 있다. '남성'(자신은 정상이라고 생각하는 모든 종속적 주체)이라고 해서 고통을 겪지 않는 것이 아니다. 단지 피해자(loser feeling)이고 싶지 않은 것이다.

외롭고 지겨운 노동의 연속. 이것이 대부분 사람들의 인생이다. 슬픔은 삶에 어쩌다 닥치는 불행이 아니라 삶의 조건이다. 하지만 사람들은 슬픔을 외면한다. 그것을 상기하는 사람만 불행하다고 생각하며, 자신은 예외인 양 방어한다. 나는 다음 구절에서 스메들리가 나랑 비슷한 생각을 한다고 느꼈다. "왜 이리 인생이 모순일까. …… 매우 비참한 상황인데도 나는 종종 웃고 싶은 충동을 느낀 적이 있다."(258쪽)

그녀가 겪은 노동, 모욕, 가족 관계, 공부, 미래, 결혼, 사랑, 분노는 특별한 인생사가 아니다. 이 책에 두 번 인용되는 걸로 기억하는데, 요컨대 내가 생각하는 이 책의 주제 중 하나는 "누구든지 있는 자는 받겠고 없는 자는 그 있는 줄로 아는 것까지 빼앗기리라."(〈누가복음〉 8:18)이다.

나는 이 책이 '굴레를 벗고 떨쳐 일어선 위대한 노동 계급의 투쟁사'가 아니어서 좋다. 이 소설은 비탄과 분노의 기록이다. 주인공이 어머니와 동생을 잃은 것처럼 나는 최근에 소중한 이와 절대적인 이별을 했는데 '슬픔에 잠긴다'는 표현이 비유가 아님을 알았다. 정말 몸이 슬픔에 잠기는 거다. 그래서 물 밖으로 몸이 나올 수 없고, 잊지도 못하고 그리워할 수도 없는 숨 쉴 수 없는 시간을 겪는 것이다.

나머지 두 가지 독후감은 간단히 쓴다. 흔히 '민중 여성'을 표현할 때 '성, 계급, 인종(민족) …… 이중(삼중) 억압'이라고 하는데, 이 말은 젠더나 계급을 각기 독자적인 모순으로 상정하는 관념에서 나온 것이다. 모든 사회적 모순은 상호 의존적이다. 계급은 젠더화되어 있고 젠더는 계급화되어 있다. 어느 것도 혼자서는 작동하지 않는다.

개인이 놓인 상황과 개인의 정체성은 한 가지 문제로 환원될 수 없다. 그렇기 때문에 해방은 정치적 사건이 아니라 복잡하고 고단한 일상이며, 모든 억압에는 탈출과 역전의 틈새가 있기 마련이다. 이중, 삼중의 억압이라고 해서 억압이 두 배, 세 배가 되는 것이 아니라 하나의 모순이 다른 관계에서는 해방의 조건으로 기능할 수도 있다. 주인공은 가난한 백인 여성인데 인도인(남성) 교수가 그녀의 멘토이다. 그녀는 '아시아에서는' 서구에서 온 인텔리 여성이었다.

허정숙이나 김활란처럼 동시대 공적 영역에 진출하고 가난한 집안 출신이었으나 교육받은 한국의 신여성들은 애그니스 스메들리와 전혀 다른 삶을 살았다. 아니, 그녀처럼 살 수 없었다. 허정숙과 김활란은 다른 행로를 밟았지만, 두 사람 중 누구에게서도 다른 나라의 독립 운동에 참여하거나 취재하는 삶을 상상하기 어렵다.

부르주아 여성인 시몬 드 보부아르는 위 세 여성과 또 다른 삶을 살았다. 제국주의 프랑스 당대 최고의 지식인으로서 실존주의 페미니즘 이론을 정립했고, 《제2의 성》은 지금도 여성학 입문서이다. 또한 그녀는 《제2의 성》 분량의 '연애 편지'(사르트르에게 쓴 것이 아니다)를 썼다.

나는 이들의 삶을 비평하려는 것이 아니다. 이 여성들의 삶을 다르게 만들었던 20세기 역사. 서구의 근대성과 자본의 발달은 식민 지배로 가능했고, 그 '덕분에' 스메들리나 보부아르는 우리의 선배들처럼 독립 운동이나 '건국'에 참여하기를 요구받지도 않았고 친일이니 부역이니 하는 역사적 짐 없이 '개인적' 삶을 살 수 있었다. 미국이나 프랑스 여성은 빈부와 '상관없이' 자기 실현으로서 페미니즘이 가능했던 것이다. (물론 자기 실현이 페미니즘의 본령은 아니다.)

'대지의 딸'. 대지는 여러 해석이 가능하다. 내가 생각하는 대지는 안전하지도 단단하지도 평온하지도 않다. 지진, 화산 폭발이 수시로 일어나며 대지의 표층은 얇고 불안정하기 짝이 없다. 저 아래 플레이트들은 수시로 충돌하며 언제든 욱일승천할 기세다. 그런 의미에서 "지진은 새로운 샘을 열어 보였다."(11쪽) 통념과는 반대로 대지(大地)는 자연이나 안식의 상징이 아니라 불평등과 분노의 대지(垈地)이며 언제나 폭발 직전이다. 지진은 희망의 수원이며 고통은 가능성이다. 우리는 그곳에 살고 있다.

여성의 몸 위에 세워진 국가

성의 역사학 _ 후지메 유키

페미니스트들은 수녀가 아니다. 우리는 사랑하고 사랑받기를 원하며, 우리들은 대부분 아이를 적어도 한두 명 원한다. 그러나 우리는 우리의 사랑이 즐겁고 자유롭기를—무지와 공포로 뒤덮이지 않기를—원한다. 그리고 우리의 아이들이 우리가 빈곤하고 허약할 때 몰려오는 것이 아니라, 우리가 최상의 조건에 있을 때 신중하고도 열망하는 가운데 생기기를 원한다. 우리는 의식 있는 페미니스트들인 우리 자신만을 위해 이러한 귀중한 성지식을 원하지 않는다. 우리는 지구를 가득 메운 수백만의 모든 무의식적인 페미니스트들을 위해 성지식을 원한다. 우리는 여성을 위해 그것을 원한다. – 크리스탈 이스트먼*

---

* 《페미니즘》, 제인 프리드먼 지음, 이박혜경 옮김, 이후, 2002년, 111쪽.

메이지유신 이후 일본의 근대성과 '아시아성'을 둘러싼 지성사의 두 축은 후쿠자와 유키치의 아시아를 벗어나자는 탈아입구론(脫亞入歐論)과 오카쿠라 덴신의 '아시아 일체론'이라고 할 수 있다. 물론 두 가지 입장은 모두 아시아와 서구를 본질적, 고정적 범주로 사고하는 것으로서 이때 아시아와 서구는 '상상의 공동체'를 벗어나기 어렵다. 그러나 이후 다케우치 요시미는 '보편자 서구'와 '특수한 일본'이라는 서구 중심의 이분법에서 벗어나 '아시아는 실체가 아니라 방법'이라는 사유로 일본 근대성 논의를 한 단계 도약시킨다.*

서구 근대를 아시아인의 시각에서 재해석한다는 것은 무슨 의미일까? '서구를 극복하자'는 대부분의 논의가 실제로는 여전히 서구를 인식 주체의 독점적 지위에서 끌어내리지 못하는 타자화된 민족주의(self-orientalism)에 머무는 이유는 무엇일까. 나는 이 논의의 핵심에 젠더가 있다고 생각한다. 서구와 '비서구'가 모두 남성에 의해 대표된다고 여겨지는 상황에서 근대성을 둘러싼 논의가 진행될 때 이분법을 넘어서는 새로운 시각이 생산되기 힘들다. '대동아 공영' 담론처럼 서구와 아시아의 차이보다 아시아와 아시아 간 모순이 더 클 때 아시아 여성의 관점은 어떻게 가능할까? 한국 사회는 말할 것도 없고 동아시아 지성계의 거의 모든 근대성 논의의 장은 젠더의 무풍지대다.

---

*《아시아라는 사유공간》, 쑨거 지음, 류준필 외 옮김, 류준필 대담, 창비, 2003년.

이는 근대 국민 국가의 성별성(gender)을 은폐한다. 또한 일상에서 좌우파를 막론하고 "조선 시대에 비해 여자들이 살기 좋아졌다.", "예전 여자들은 그렇지 않았다, 여성들의 지나친 자기 주장이 우려된다."는 식의 여성 혐오를 합리화한다.

아시아 지역 여성들이 근대 국가의 일원이 되기 위해 지난 100년간 어떤 참혹한 '통과 의례'를 거쳤는지(물론 통과하지 못했지만), "모든 '국민'은 국방의 의무를 진다."는 대한민국 헌법의 주장처럼 국민의 범주에 들지 못하는 여성이 국민이 되려고 어떤 대가를 치르고 있는지, 섹슈얼리티가 역사적이고 정치적인 산물이라는 이 당연한 사실이 왜 한국 사회에서는 그토록 받아들여지기 어려운지, 도대체 정치적인 것의 내용은 누가 정하기에 여성의 고통은 정치학의 주제가 되지 못하는지…… 후지메 유키의 《성의 역사학》은 내게 여전히 익숙해지지 않는 충격과 분노의 질문을 던진다.

어떤 이들은 혁명 전야에 모든 사회 세력이 가면을 벗고 자신의 정치적 입장을 낱낱이 드러낸다고 주장한다. 또 어떤 이들은 선거야말로 정치의 만개이며 정치 세력의 각축장이라고 한다. 하지만 여성(혹은 장애인, 동성애자……)들은 혁명이나 선거 시기뿐만 아니라, 일상의 24시간 내내 모든 사회 세력이 젠더 문제에 대한 자신의 정치적 입장을 '커밍 아웃'하는 것을 목도한다. 이것은 아시아 지역에 주둔하는 미군의 현지 여성 성폭력 사건을 여성 억압이라고 보는 여성주의자들의 입장을 대개의 남성

좌파나 민족주의 세력이 주한 미군이라는 '거대한 구조'의 문제를 '사소한 문제'인 여성 문제로 축소한다고 반발하는 것과 같은 맥락이다. 이에 대해 도미야마 이치로는 이러한 남성 사회 운동 세력의 단순성이 오히려 군사 기지를 둘러싼 폭력의 문제를 사소화한다고 말한다. 즉 사회 현상을 여성주의 시각에서 수용하고 개입하는 것은 세상을 더 객관적으로, 더 넓게 볼 수 있다는 의미이다.

일본 근현대사와 한국 전쟁 연구자인 후지메 유키 교수가 자신의 교토대학 박사 학위 논문을 발전시킨 이 책은 일본 근현대 100년의 역사를 섹슈얼리티와 재생산(출산)의 자기 결정권을 '가장 많이' 침해당한 여성의 입장에서 재해석한다. 이 책은 낙태죄, 공창제, 성병 검사, 군 위안부 동원, 여성의 몸에 대한 폭력을 통한 국가의 인구 증강/조절 정책과 이에 기반을 둔 일본의 아시아 침략 전쟁까지 여성의 성과 재생산 통제를 통한 근대 국민 국가의 탄생기다. 이러한 국가 폭력에 '여성', 여급, 창기, 예기, 매춘 여성들은 어떻게 대응했는지, 그 투쟁과 조직 운동을 국제 비교 관계사적으로 다룬 역작이다. 물론 이 책에서 다루는 여성의 현실은 과거가 아니라 지금도 진행 중이지만, 고개를 돌리고 싶을 만큼 끔찍한 이야기들이 독자의 직면과 사유를 기다린다.

저자의 노동과 고통을 짐작케 하는 일본, 서구, 러시아, 아시아 지역을 넘나드는 광대한 자료와 여성의 성이라는 역사학의

오지를 개척하는 여성주의 정치학자의 열정과 능력이 돋보인
다. 서구와 '비서구'를 막론하고 여성의 성과 재생산 통제는 근
대화의 핵심 프로젝트였다. 기본적으로 이 프로젝트는 자본의
세계화와 마찬가지로 세계화 기획일 수밖에 없었다. 즉 국가의
성과 재생산 통제, 여성들의 사회 운동과 여성사의 전개도 일국
적 틀 안에서 완결되는 일은 있을 수 없으며 제국주의가 야기한
모순과 긴장에서 자유로울 수 없다. 일본 공창제의 근대적 재
편성과 낙태죄 제정은 서구 여러 나라를 모델로 삼아 이루어졌
고, 일본이 대만과 조선을 식민지화하고 중국을 반(半)식민지화
하면서 공창제가 식민지 국가에도 도입된다. 여성의 육체야말
로 인류 역사가 세워진 토대이며, 따라서 여성이 자기 몸에 대
한 통제권을 소유하는 것은 노동자가 생산 수단을 소유하는 것
보다 더 '본질적인' 혁명을 가져온다는 미국의 페미니스트 시인
에이드리언 리치의 통찰을 실감케 한다.

　남성 중심의 근대 국가는 여성의 몸을 자기 실현의 그릇으로
삼았고, 이처럼 남성의 시선에 갇힌 여성의 재생산 능력은 '능
력'이 아니라 여성을 기아와 죽음에 이르게 한 '저주'였다. 일본
근대 국가를 이끈 것은 경제 위기, 노동자의 실업, 무산 대중의
빈곤을 인구 과잉 탓으로 돌리는 맬서스주의자들이었고, 그들
은 과잉 인구의 배설처로 만주와 남양(南洋) 제도를 택해 전쟁
을 일으켰다. 전쟁으로 국가의 인구, 식량 문제 해결 방향이 확
정되자 이제는 산아 조절로 여성의 몸을 통제한다. "여성 동지

가 회합에 출석하지 못하거나 독서를 하지 못하는 것, 인생을 즐기지 못하는 것이 무슨 문제란 말인가? 무산 계급에게는 투사가 필요하다. 계속 낳아라. 여자들이여. 동물처럼 계속 낳아라. 몇 천 명이라도 계속 낳으면 그중에서 당원이 몇 명이라도 나오지 않겠는가?" 책에 인용된 이 같은 사회주의 세력의 담론과 여성이 아이를 많이 낳아서 전쟁이 일어난 것이므로 세계 평화를 위해 아이를 낳지 말아야 한다는 담론(출산 증강 정책과 인구 억제 정책)은 결국 같은 논리이다. 이것은 여성의 재생산 권리를 박탈할 뿐만 아니라 남성 국가의 잘못과 그 결과를 피해 여성에게 뒤집어씌운 것이다.

나는 개인적으로 마르크스주의와 여성주의가 어떻게 하이픈(-)으로 연결될 수 있는지 이해가 가지 않는다. 이 책은 철저히 마르크스주의 페미니즘의 입장에서 기술된 책이고 그만큼 내게는 방법론적, 이론적 측면에서 불편한 책이기도 했다. 물론 자료 자체도 발견되는 것이 아니라 특정한 관점에 의해 발명되고 선택되는 것이지만 나의 입장에서 《성의 역사학》은 해석이나 분석보다는 자료에 충실한 담론이며, 자료가 어떠한 관점에서 조직화되어야 하는가에 대한 일종의 반면교사였다. 이 책은 독자의 상황에 따라서 급진성을 보여줄 수 있을지 모르지만, 그렇다 할지라도 그것은 표현의 급진성이지 인식론적 급진성은 아니라고 생각한다. 가장 큰 이유는 저자가 새로운 여성주의 시각을 발전시키기보다는 기존의 마르크스주의 틀에 여성 문제를 부가해 적용하기 때문인 것 같다.

저자는 여성주의자가 여성 억압의 계급 모순이나 민족 모순을 간과하는 것은 전체성의 누락이라고 주장하지만, 그러한 억압의 전체성을 파악함으로써 마르크스주의를 비롯한 기존의 남성 중심적 사유를 비판하고 재구성하기보다는 오히려 반복하고 있다. 내가 알기론 계급 모순이나 민족 모순 없이 여성 억압이 작동된다고 주장하는 여성주의 이론은 없다. 물론 그 역도 마찬가지다. 젠더 모순의 작동을 전제하지 않고서는 계급이나 민족 모순도 작동하지 않는다. 젠더, 계급, 민족 문제를 대립시키거나 부가하거나 택일하는 사고방식 자체가 남성 중심적 세계관의 전형이다.

저자는 "당시 매춘 여성이 되는 것은 프롤레타리아 계급 딸들의 어두운 숙명이었으며, 누군가 그만두어도 같은 길로 굴러 떨어지는 딸들이 있었다."고 주장하면서, 성매매 산업에 종사하는 여성의 문제를 (여성이 아니라) '인민'의 고통이라는 차원에서 본다. 그러나 오히려 성매매의 근본 원인은 왜 프롤레타리아 남성들은 가난하다고 해서 그들의 섹슈얼리티를 팔지 않는지, 그리고 왜 남성의 성은 국가의 통제 대상이 되지 않는지를 질문함으로써 찾을 수 있다. 성을 파는 여성, 성을 팔아야 하는 여성의 존재는 바로 여성이 '인민'의 범주에 들지 못해서 발생한 것이다. 우리가 문제 삼아야 할 것은 매춘 여성의 빈곤이 인민 빈곤의 여성 버전이라는 사실이 아니라 빈곤과 노동(시장)의 젠더화된 구성을 추적하는 데 있다.

또한 저자는 여성의 성과 재생산 억압의 최대 책임자가 국가 혹은 자본주의라고 보고 있다.

그러나 이것은 성을 구매하고, 여성의 성적 접대를 당연시하고, 성산업을 운영하고, 여성을 강간하고, 피임 없이 성관계를 하여 낙태하게 하고, 노동 시장과 가정에서 여성을 구타하는 개별 남성의 책임과 행위성을 거세하는 행위이다. 섹슈얼리티와 재생산을 둘러싼 여성의 고통은, 남성의 이해를 대변하는 남성 연대체인 국가와 자본의 후원을 받아 가족과 애인과 동료 등등 여성과 '사적'인 관계를 맺으면서 살아가는 개별 남성이 저지르는 행위의 결과이다. 이것이 바로 "개인적인 것이 정치적인 것"이라는 여성주의 슬로건의 기본 의미이다.

어떤 의미에서 근대 자본주의는 인류 역사상 최초로 여성이 남편이나 아버지에 의존하지 않고도 개별 노동자로서 정체성과 생존을 이어 갈 수 있는 방편을 제공했다. 제국주의, 자본주의, 근대가 여성이나 가족 등등 젠더 문제에 영향을 끼친다는 식으로 현실을 해석하는 저자의 시각에서는 젠더는 언제나 고정된 설명의 대상일 뿐 사회 변화의 주요 모순 요소가 되지 못한다. 근대 국민 국가의 성립이 여성의 성과 재생산 통제를 가져온 것은 필연이었지만, 여성주의 연구자가 탐구해야 할 것은 젠더가 근대의 영향(피해)을 받았다는 것에 그치지 않고, 오히려 역으로 '여성 억압 현실이 어떻게 근대와 자본주의를 만들었는가'로 나아가야 하지 않을까? 즉 여전히 논쟁점은 근대와 여성의 관계를 근대로 인한 여성 피해 버전으로 쓸 것인가, 아니면 여성의 시각으로 기존의 근대(논쟁)를 해체하고 재구성할 것인가에 있다.

국가 안보와 젠더

말의 세계에 감금된 것들 _ 홍세미 외

임의성과 진영 논리

이 책의 출간을 접하고 "아직도 국가보안법이 있냐?"고 묻는 이들이 있을 것이다. 이 책에 실린 이야기들은 1980년대 제5공화국 시절부터 최근까지를 망라한다. "시대가 변했다"는데, 무엇이 변한 걸까. 김영삼 정부 이후 국가보안법 위반자가 가장 많이 발생한 정권은 김대중 정부였다. 의외라고 생각하는 사람이 많겠지만 1994년 김대중-김정일 두 지도자의 정상회담을 시작으로 하여 민간에서도 남북 교류가 급격히 증가했기 때문이다. 북한 사람을 만나거나 북한 체제와 관련해 조금만 움직여도 법 위반 사례가 나온다는 얘기다.

임의적 적용. 이것이 국가보안법의 가장 큰 특징이다. 남북 교류가 활발한 시기에 법 위반 사례가 많았다는 사실은 법 자체에 범법성이 내포되어 있다는 의미다. 즉 법치가 아니라 인치가 좌우하는 법이라는 것이다. 30여 년 전 '인권 변호사 박원순'의 노작인 《국가보안법 연구 1, 2》에 나오는 사례*—'막걸리 보안법, 아이고(통곡) 보안법'—의 황당함과 이 책의 이야기도 별반 다르지 않다.

특정 사회에서 통용되는 상식이 모두 바람직한 것은 아닌데도, 국가보안법 담론이 상식을 무너뜨린다는 의미에서 한국 사회는 기존의 상식을 넘어설 수 없는 영원한 '문화 지체'에 묶여 있다. 구체적인 국가보안법 피해자의 고통은 말할 것도 없고, 이 비상식성이 국가보안법의 통치 전략이고 우리를 두렵게 하는 것이다.

'촛불 정부'와 미디어 시대에 사정은 더욱 나빠졌다. 이제까지 한국 사회에서 외부('적')는 북한과 일본이었다. "빨갱이", "친일파"로 지칭되면 끝이었다. 나는 최근 군 위안부 운동 논란으로 많은 생각을 하게 되었는데, 이 이슈를 논하는 것 자체를 여성주의 내부에서 금기한다는 사실을 깨달았다. '시민 사회의 국가보안법'인 셈이다. 지금 우리의 외부는 북한, 일본, 검찰, 그리고 미디어('조중동')가 아닐까. '진실과 사실 여부'는 아무 상관이 없다. 위 네 '집단'의 입장이 유일한 기준으로서, 그

---

* 평범한 노동자들이 퇴근 후 막걸리를 마시며 북한 사정을 이야기하다가 '찬양'으로 몰린 경우, 제주 4·3학살과 관련한 마을 집단 제사에서 통곡 소리가 문제가 된 경우다.

들과 같은/다른 의견은 적과 동지를 구분하는 잣대가 된다. 보수 언론의 기사가 사실이라고 해도 모두 '보수 세력의 준동'이 되어버린다. 이 같은 진영 논리는 역설적으로 검찰과 보수 언론의 입지를 강화하는 것이다. 검찰은 언론 플레이를 하고, 보수 언론은 (취재라기보다는) 수사를 한다.

최근 몇 년간 한국 사회에서 공안 정치는 시민 스스로 실행하고 있다. 페미니즘을 다르게 이해하는 여성들, 시민 사회, SNS, '문빠', '586'……과 관련된 언급은 '조리돌림'의 대상이 된다. 만인의 감시 체제다. 나의 경우 댓글이 무서워서가 아니라 내가 쓰는 지면에 폐가 될까 봐 내 의견을 말할 수 없다. 오늘날 대한민국은 각자도생과 더불어 상호 감시 사회가 되었다.

모성의 평화정치학

이 책《말의 세계에 감금된 것들》의 주제는 매우 넓고 다양하다. 국가와 젠더, 국가 보안과 젠더, 아니 이 책에 등장하는 여성들의 공통된 경험은 '국가보안법'뿐이라고 할 정도로 여성의 일상생활과 '현실 정치', 분단의 현실이 녹아 있다.

이러한 국가보안법의 임의성, 국가 보안의 일상성, 국가주의는 열한 명 여성들의 이야기를 '유형화'할 수 없게 만들고, 국가와 젠더에 관한 '총체적 관점'을 제공하는 효과를 낳았다. 1980년대 '민가협(민주화실천가족운동협의회) 어머니'에서부터 '한총

런(한국대학총학생회연합) 끝자락 세대', 통합진보당 이석기 의원 사건까지.

가부장제 사회에서 정치는 남성의 영역으로 간주된다. 남성 국가보안법 피해자와 달리 여성은—당사자(actors)도 있지만—어머니, 아내 라는 '가족 내 성역할 담당자로서 시국'을 경험한다. 반대의 경우는 드물다. 당사자가 여성인 경우에는 운동가와 여성이라는 정체성 사이에서 분열한다.[1] 남성들은 남성과 노동자 정체성 사이에서 분열하지도 않고 이중 노동을 하지도 않는다. 그러나 여성은 성역할을 벗어나 시민, 민중, 국민, 운동가, 지식인이 될 때 택일이나 이중, 삼중 노동을 강요받는다.

당대 한국 사회에서 (수는 적지만 활동하는) 1960년대생 여성주의자들('여자 386세대') 중에는 과거 학생 운동이나 노동 운동에 헌신적이었던 이들이 많지만, 이들은 또래 남성과도 젊은 여성과도 소통이 어렵다. 그들은 1980년대로 대표되는 자기 정체성을 드러내지 않거나 일부 '586세대'의 특권과도 거리가 멀다.

이 책에 등장하는 여성들의 이야기를 실례를 무릅쓰고 나눈다면 국가보안법의 피해자는 남편, 자녀, 여성 자신이라는 세 가지 유형으로 볼 수 있다. 남편인 경우 구속과 법률 관련 뒷바라지, 투쟁, 생계, 이후 일상생활에서 낙인 견디기, 이 책에서는 드러나지 않지만 피해 남성들의 방황과 폭력…… 이처럼 남편이 국가보안법 피해자가 되었을 때 남편의 여성 의식과 여성의 사회 의식 사이의 갈등은 필연적이고, 이는 대체로 여성 활동가

238

에게 혼란과 고통으로 연결된다.

사회 운동에서 남성은 언제나 '주인공'처럼 보이지만 실제 그들의 활동은 여성의 '뒷바라지'[2] 없이는 불가능하다. 성별 분업과 그 이데올로기는 사회 운동에서도 매우 강력하다. 그러나 통념과 달리 이 책에 등장하는 여성들은 시국 사건의 피해자에서 정치적 주체로 거듭남을 보여준다. 1980년대 민가협은 단순한 가족 모임이 아니었다. '정신대문제대책협의회'가 구성되기 전 '군 위안부' 피해 경험을 신고하기 위해 고(故) 김학순이 처음 찾아간 곳이 민가협이었다. 그만큼 당시 민가협은 여성들이 찾아갈 수 있는 거의 유일한 정치적 공동체였다.[3]

자녀가 피해자가 되었을 경우 여성주의 평화정치학에서 말하는 모성의 공적 가치(돌봄의 윤리)로 전환이 이루어지면서, '어머니'는 자녀 때문이 아니라 스스로 사회 운동가로 변화한다. 이때 이들은 '어머니'도 '여성'도 아닌 투쟁하는 시민이다. 성역할이 계기가 되었지만 저항 과정에서 성역할 개념을 재구성하게 된다. 공동체를 보존하고 보호하는 모성이다. 이때 '보호자 남성 신화'는 무색해진다. 모성은 사회적 산물이지 본능이 아니다. 모성은 평화의 자원이 될 수 있다.[4] 남성들은 어머니의 비폭력적 이미지를 투쟁에 활용하기도 하지만(전경과 어머니 들의 대치) 자녀를 위해 투쟁하는 모성은 대중에게 강한 설득력을 발휘한다.

다른 사회 운동도 그렇지만 특히 평화 운동에서 여성들의 활약과 지속성, 지도력은 남성을 능가한다. 보부아르의 말대로 "여성은 생명을 낳고(give), 남성은 생명을 파괴한다(take)." 영국 런던 근처의 그리넘 커먼(Greenham Common) 미군 핵 기지 반대 운동, 오키나와의 군사주의에 저항하는 여성 운동, 아르헨티나의 '5월 광장 어머니회'는 우리에게도 익숙하다. 사회 운동, 투사, 저항의 이미지는 대체로 남성다움과 연결되어 있지만 실제로 밀양, 서울 사당동 빈민 운동을 오랜 시간 추적한 연구를 보면 "남자들은 정부나 업자들의 돈을 받고 도망가고, 여자들은 애 업고 끝까지 투쟁한"다.

물론 모성은 복잡하고 갈등적인 경험이다. 1980년대 민가협은 그 시절 고통받는 이들의 공동체로서 한국 민주화 운동 역사에 중요한 역할을 했지만 '말할 수 없는 이야기'도 많았다. 그런 이야기들이 가시화되길 바란다. 민가협 조직 내부에서도 자녀의 '조직 내 지위'에 따른 부모들의 위계, 학벌주의(지방대와 전문대에 대한 차별적 시선……), 젠더는 그대로 작동했다. 이 책에는 드러나지 않지만 딸이 수배자인 경우 어머니들은 또 다른 고통에 시달렸다. 여성과 남성의 수배 생활이 같을 수 없기 때문이다. 당시 내 친구는 2년간 전국 단위 수배 대상이었는데, 민가협의 어머니들에게 "딸이라 시집 제대로 가기는 글렀다."는 '걱정'을 수없이 들었다. 친구의 어머니는 나를 붙잡고, "전두환보다 저것들(민가협 동료들)이 더 무섭다."고 오열했다.

안전의 성별성

'군 위안부' 역사처럼 여성은 언제나 전쟁 혹은 '나라 없는 설움'의 가장 큰 희생자일까? 인류 역사상 여성이 노동 시장에 가장 적극적으로 진출했던 시기는 여성 운동이 활발했던 때가 아니라 전쟁 때였다.[5] 전쟁에 동원된 남성 노동력을 대신해야 했기 때문이다. 제2차 세계대전이 끝난 후 어떤 여성은 이렇게 말했다. "(국가 간) 전쟁이 끝나 남편이 집으로 돌아오자 집에서 전쟁이 시작됐다."[6] 1990년대 초 소말리아 내전에서 여성들이 전쟁에 자원한 이유는 남편에게 구타당하는 집보다 밥을 주는 군대가 낫기 때문이었다. 유랑 중인 쿠르드족 여성 운동가는 이렇게 외친다. "우리에게 정말 필요한 것은 독립 국가가 아니라 민주주의입니다."*

논란거리였지만 대수롭지 않게 넘어간 '사소한' 이슈. 한국의 평화 운동 집회에서 합창되는 〈fucking USA〉는 평화의 구호인가, 아니면 '여성'(여성화된 미국)에 대한 폭력을 선동하는 노래인가?[7] 이상의 사례들은 여성에게는 전쟁 상태가 낫다는 의미가 아니다. 국가의 존재나 전쟁에 대해 모든 사람이 동일한 이

---

* "우리들은 터키 정부의 차별 정책에 의해서, 여성 억압적인 이슬람 종교의 가르침에 의해서, 가난에 의해서, 또 쿠르드족 남성의 가정 폭력에 의해서 다중적으로 억압받고 있습니다. 우리에게 정말 필요한 건 독립 국가가 아니라 모든 생활 속에 스며들어 있는 진정한 민주주의입니다." 쿠르드노동자당의 여성 운동가, 〈한겨레〉, 2007년 2월 16일자.

해관계에 놓이는 것은 아니라는 뜻이다.

국외(북한)는 폭력이 만연한 약육강식의 무정부 상태이고, 국내는 그러한 외부로부터 국민을 보호하는 안정과 질서의 공간이라는 안보 논리의 전제는 여성에게는 해당되지 않는다. 인신매매나 아내에 대한 폭력에서 보듯이, 여성에게는 국내나 가정이 더 위험한 공간일 수 있다. 많은 경우 여성들은 국가 내부에서 가장 큰 폭력 상황에 노출된다. 국내 정치와 국제 관계가 분할되었다는 이데올로기, 즉 국가라는 경계 자체가 국민 국가 내부의 타자인 '비국민'에게는 의미 있는 정치적 전선이 아닌 것이다.

동성애자에게는 외국 군대보다 이성애 제도가 위협적이고, 장애인에게는 분단 상황보다 비장애인 중심의 사회 체제가 더 위협적이다. 국민 국가 내부의 타자들은 공/사 영역에 걸쳐 문화와 정상성이라는 이름의 일상적, 구조적 폭력에 시달린다. 이들에게 정치는 선거 때나 혁명, 혹은 전시에 국한되는 특별한 그 무엇이 아니다.

식민 지배와 분단을 경험한 한국은 국가 안보 언설의 생산과 비판 모두 서구 제국과는 다른 경로를 거쳐 구축되어 왔다. 특히 진보 진영의 안보 이데올로기 비판은 '제대로 된 근대성', '온전한 국민 국가(nation state)'를 건설하지 못했다는 근대성에 대한 강박에서, 오히려 안보 담론의 원인인 국가 건설의 일환으로 전개되어 왔다. 이것은 제2차 세계대전 이후 서구 열강에서 독립한 아시아 국가들에서 공통적으로 드러난다. 국가 안보에 대한 국민의 이해는 단일하다는 전제 아래 대개 좌파 성향의 지도자들은 '주권' 차원에서, 우파 지도자들은 '정권' 차원에서 국가 안보를 강조해 왔다.

국가 안보와 식민지 남성성

한국 남성의 저항은 많은 경우 저항 자체보다 피해에 의해 구성되었다. 유명한 〈분지〉 필화 사건이 대표적이다. 작가 남정현은 단편 소설 〈분지〉를 남한의 문예지인 〈현대문학〉 1965년 3월호에 발표했다. 그런데 작가도 남한 당국도 모르는 상태에서 이 작품이 두 달 뒤 북한 노동당 기관지 〈조국통일〉 5월 8일자에 전재되었다. 남정현은 1965년 7월 7일 '충일기업사'라는 위장 간판이 붙어 있는 중앙정보부 을지로 대공분실에 끌려가 고문을 당하고 반공법 위반으로 구속되었다. "북괴*의 선전에 동조했다."는 것이 주요 혐의였다.

당시 중앙정보부 직원이 작가를 취조한 내용 중에 내게 가장 인상적인 발언은 "북한의 누가 대필해주었느냐?"이고, 작가는

---

* 괴뢰(傀儡)는 어감 자체가 이데올로기화된 단어다. 원래 뜻은 '꼭두각시놀음에 나오는 여러 가지 인형'이다. 남한과 북한 모두 서로 상대방에게 미국, 소련을 포함한 외세에서 주체적, 자주적이지 못하다는 의미에서 이 단어를 사용했다. 즉 "북한 괴뢰 집단", "미제의 앞잡이" 따위가 그것이다. 동시에 이 말은 둘 다 정상 국가가 아니라는 뜻과 함께 '집단', '앞잡이'라는 상호 비하가 전제되어 있다.

"사랑하는 조국의 공무원 수준에 좌절한다."는 웃지 못할 역사다.

〈분지〉는 내용이 간단하지만 다른 반미 문학 전반의 골격을 제공했다는 점에서 중요한 작품이다. 미군정 시기 남자 주인공이 어머니와 여동생이 미군에게 성폭력을 당하자 복수하기 위해 주한 미군의 부인을 성폭행한다는 이야기다. 이 소설의 요지는 1) 국가주의에 기초한 한국과 미국의 이항 대립 논리, 2) 한국 사회의 모든 '악'은 외세에서 기인한다는 외세 환원론, 3) 여성에 대한 폭력이 '외세에 대한 저항'이라는 주장이다. 이 세 가지는 지금도 한국 사회에 작동하는 구조이자 남성 중심적 문화의 핵심이며 〈분지〉의 현재성이다. 이후 〈분지〉는 한국 사회에서 '민중 문학', '실천 문학', '저항 문학', '민족 문학'의 역사를 정초했다는 평가와 격찬을 받았다.

특히 한국은 한국전쟁 이후 북한이라는 '적'과 뚜렷하게 영토성을 두고 대치하고 있다. 지금도 북한은 남한과의 '국력' 격차와 무관하게 언제든 적으로 소환된다. 한국의 분단 체제가 다른 나라의 국가 안보 이데올로기와 성격을 달리하는 이유다. '적과의 연결 고리'가 분명하다는 것이다.

북한과 주한 미군의 존재로 인해 한국 사회에서 정치의 기본 구도는 미군에 대한 인식 차이, 즉 '보호자인가, 점령군인가'에 따라 형성되었다. 한국 사회에서 의미 있는 정치적 전선은 '미국'과 '미국이 아닌 것(북한)'이 독점했고, 그 외 사회 문제는 부차적인 것으로 취급되었다. 한국 사회에서 정치와 정치학은 친미와 반미가 전부였고, 이것은 곧 반북과 친북으로서 통치의 기준이 되었다. 이러한 정치적 전선의 외세, 외부 환원은 페미니즘을 비롯한 다른 사유를 불가능하게 할 정도로 지배적으로 작동했다. 이것이 분단 체제다. 분단은 남한 사회의 이분법적 문화가 구체적이고도 극단적으로 작동할 수 있는 현실적 토대였다.

한국 사회의 정체성을 형성하는 요소가 오로지 미국과 북한뿐일 때 다른 사회로 이행 가능성과 상상, 담론은 불가능해진다. 이뿐만 아니라 지역과 젠더 모순을 억압하는 남한 사회의 강제적 통합, 독재, 민주화 운동을 규정짓는(framing) 절대적 현실로 기능했다.

앞서 말한 〈분지〉의 경우 내용은 반미가 아니라 미국 여성에 대한 성폭력적 욕망인데도 반미 소설의 원조, 민족 문학의 고전이 되었다. 반미 문학이 사회적 의제로 등장한 상황은 한국 사회 내부의 저항이 아니라 북한을 핑계로 삼은 남한 사회의 탄압 때문이었다. 애초부터 반미문학은 '저항 문학'이라기보다는 '피해자 문학'이었다. 저항과 피해의 차이는 크다. 이 차이는 한 사회의 남성성을 형성하는 데 중요한 요소가 된다.

한국 현대사의 고통은 남한 사회만의 남성성을 구조화한 배경에서 일어났다. 남한 사회의 젠더는 전통적인 통념대로 가정에서 여성과 남성의 성역할 분업 이데올로기에서 형성되었다기보다는 국가와 젠더의 상호 작용이 주된 역할을 했다. 따라서 한국 남성성은 자국 여성과의 관계라기보다는 '한국 남성-미국 남성(주한 미군)-한국 여성'이라는 세 그룹의 정체성과 노동의 역학 속에서 만들어졌다고 볼 수 있다. 한국 남성은 외세 혹은 국가 내부의 자신과 다른 진영에 관심이 있지, '여성 문제'는 언제나 사소하게 생각한다. 이 책에는 많이 드러나지 않지만 시국 사건의 피해자인 남성과 여성 사이에는 갈등, 여성의 일방적 희생, 폭력 사례가 많았다.

남성성이 자국 여성과의 관계, 가족 내에서 발현되기보다 남성들끼리의 경쟁 논리가 되고 자신의 '대의'에 여성을 동원하는 것. 이것을 패권적(헤게모니적) 남성성과는 대비되는 식민지 남성성(colonial masculinity)이라 부를 수 있을 것이다. 이때 여성은 동등한 시민이 아니라 남성 사회의 '자원'이 된다. 이 책은 가부장제 사회의 근본 구조인 남성들 간의 투쟁에 동원되는 여성이 스스로 그 위치성을 거부하고 시민으로서 거듭나는 이야기로 읽혀야 한다. 다시 말해 이 책은 여성들에 '대한' 이야기가 아니라 한국 사회 남성성에 대한 질문으로 보아야 한다.

| 참고 문헌 |

1) 〈80년대 변혁운동가들의 정체성 변화과정: '운동권' 출신의 여성 모임을 중심으로〉, 박현귀 지음, 서울대학교 석사 논문, 1997년.

2) 〈군대경험의 의미화 과정을 통해서 본 군사주의 성별정치학: 남녀공학 대학 사례를 중심으로〉, 권오분 지음, 이화여자대학교 석사 논문, 2000년; 강인화, 〈한국 사회의 병역거부 운동을 통해 본 남성성 연구〉, 이화여자대학교 석사 논문, 2007년을 참조하라.

3) 〈여성의 사회적 저항 경험에 관한 여성주의적 접근: 민주화실천가족운동협의회, 전국민족민주유가족협의회 어머니 활동을 중심으로〉, 김화숙 지음, 이화여자대학교 석사 논문, 1999년을 참조하라.

4) 《모성적 사유》, 사라 러딕 지음, 이혜정 옮김, 철학과현실사, 2002년.

5) 《젠더와 노동―제2차 세계 대전기 성별 직무 분리의 역학》, 루스 밀크먼 지음, 전방지 · 정영애 공역, 이화여대 출판부, 2001년.

6) 〈독일, 창백한 어머니〉, 헬마 산더스 브람스 감독, 1980년.

7) 자세한 내용은 '인권과 평화의 관점에서 본 여성에 대한 폭력', 《성폭력을 다시 쓴다》, 정희진 엮음, 한울, 2003년을 참조하라.

1장 아픔에게 말 걸기

《나는 불안과 함께 살아간다》, 스콧 스토셀 지음, 홍한별 옮김, 반비, 2015년

《통증 연대기》, 멜러니 선스트럼 지음, 노승영 옮김, 에이도스, 2011년

《세상과 나 사이》, 타네하시 코츠 지음, 오숙은 옮김, 열린책들, 2016년

《몸의 말들》, 강혜영 · 고권금 · 구현경 · 백세희 · 이현수 · 치도 · 한가람 · 황도 지음, 아르테, 2020년

《나는 너를 용서하기로 했다》, 마리나 칸타쿠지노 지음, 김희정 옮김, 부키, 2018년

《새벽 세 시의 몸들에게》, 메이 엮음, 김영옥 · 메이 · 이지은 · 전희경 지음, 봄날의 책, 2020년

〈얼음의 집〉, 《완전한 영혼》, 정찬 지음, 문학과지성사, 1992년

《고통은 나눌 수 있는가》, 엄기호 지음, 나무연필, 2018년

2장 우리에겐 불편한 언어가 필요하다

《그 일은 전혀 사소하지 않습니다》, 한국여성의전화 지음, 오월의봄, 2017년

《아내 가뭄》, 애너벨 크랩 지음, 황금진 옮김, 동양북스, 2016년

《여성성의 신화》, 베티 프리던 지음, 김현우 옮김, 갈라파고스, 2018년

《나는 과학이 말하는 성차별이 불편합니다》, 마리 루티 지음, 김명주 옮김, 동녘사이언스, 2017년

'다윈의 대답' 시리즈-《다윈주의 좌파》, 피터 싱어 지음, 최정규 옮김, 이음, 2007년 · 《에덴의 종말》, 콜린 텃지 지음, 김상인 옮김, 이음, 2007년 · 《유리천장의 비밀》, 킹즐리 브라운 지음, 강호정 옮김, 이음, 2007년 · 《신데렐라의 진실》, 마틴 데일리 · 마고 윌슨 지음, 주일우 옮김, 이음, 2007년

《여성, 거세당하다》, 저메인 그리어 지음, 이미선 옮김, 텍스트, 2012년

《빨래하는 페미니즘》, 스테퍼니 스탈 지음, 고빛샘 옮김, 민음사, 2014년

《기지촌의 그늘을 넘어》, 여지연 지음, 임옥희 옮김, 삼인, 2007년

《제국의 위안부》, 박유하 지음, 뿌리와이파리, 2013년

3장 몸의 평화가 깨지는 순간

《대화》, 리영희 지음, 임헌영 대담, 한길사, 2005년

《1968년 2월 12일》, 고경태 지음, 한겨레출판, 2015년

《인 콜드 블러드》, 트루먼 커포티 지음, 박현주 옮김, 시공사, 2013년

《탈감정사회》, 스테판 G. 메스트로비치 지음, 박형신 옮김, 한울아카데미, 2014년

《우리는 밤마다 수다를 떨었고, 나는 매일 일기를 썼다》, 귀징 지음, 우디 옮김, 원더박스, 2020년

《페이드 포》, 레이첼 모랜 지음, 안서진 옮김, 안홍사, 2019년

《선녀는 참지 않았다》, 구오 지음, 위즈덤하우스, 2019년

《대지의 딸》, 애그니스 스메들리 지음, 태혜숙 옮김, 이후, 2011년

《성의 역사학》, 후지메 유키 지음, 김경자 · 윤경원 옮김, 삼인, 2004년

《말의 세계에 감금된 것들》, 홍세미 · 이호연 · 유해정 · 박희정 · 강곤 지음, 정택용 사진, 오월의봄, 2020년

편협하게 읽고 치열하게 쓴다

2021년 4월 9일 초판 1쇄 발행
2021년 6월 4일 초판 2쇄 발행

- 지은이 ─────── 정희진
- 펴낸이 ─────── 한예원
- 편집 ───────── 이승희, 윤슬기, 양경아, 유리슬아
- 본문 조판 ───── 성인기획
- 펴낸곳   교양인
　　　　　　우04020 서울 마포구 포은로 29 202호
　　　　　　전화 : 02)2266-2776 팩스 : 02)2266-2771
　　　　　　e-mail : gyoyangin@naver.com
　　　　　　출판등록 : 2003년 10월 13일 제2003-0060